书·美好生活
Book & Life

书，当然要每日读。

多亏了热爱的事，才能追上不断奔跑的终点。

夏小暖　著

就想开间
自己的小店：

我的第二人生

夏小暖　著

北京时代华文书局

做自己喜欢的事，也能珍惜时光重叠里的百态。

新版自序：遥远的相似性

二十一世纪二十年代的开端，一场超乎想象的疫情打乱了所有人原本的生活。恐慌、愤怒……一系列情绪笼罩着这个本该充满期待的春天。生活被按下了暂停键，诸多行业面临彻底归零的局面。艾略特说："这世界倒塌了，不是轰然作响，只是唏嘘一声。"可是谁又曾从中吸取教训？美好总难长久，省思失败与死亡，没有人能独善其身。看来，二○二○年注定会成为人类社会的转型之年。

隔离的那段日子，我的生活变化并不大，因为对于一个写作者来说，他的大部分生命本就是在自我隔离中度过的。日落的时候，思想升起，反倒有了一段难得的彻底真空的状态，让我可以回溯十几年来的自己。

每个人翻看自己年轻时候的日记和文章，都会觉得有些可笑吧。年少时的写作，大都始于内心的一团无可名状的火，是冲破束缚的发泄，一鼓作气就这么写出来了。《就想开间自己的小店》（以下简称《小店》）写于二〇一三年，次年正式出版，往后加印过数次，如果不是因为再版，我可能永远都不会再从头到尾仔细地读一遍它了。如今重新审视自己七年前的作品，难免觉得青涩、稚气，甚至有点"中二"，不禁还会讪笑道："我当年怎么这么傻啊！"某些在当时深刻相信着的事情，随着时间的流转和人生的推进，或许被一一打翻了，但回头想想，那恰恰正是一个人的成长经历。卡夫卡将每一次的写作过程形容为"仿佛摔倒在人来人往的剧院中央"，在修订《小店》一书时我似乎也面临了卡夫卡式的窘迫：一方面那些故事像是我身体无法割舍的一部分，另一方面又不情愿开诚布公地推翻自己。长期以来，我把写作视作一种能量的转化，我敲击键盘，把有限生命中的那些想法迫不及待地寻找着语句表达出来，期待读到的人能接收到力量，即便更多时候其实只为了击碎自我的疑虑、感动自己。写作是我将自我辨别清晰的一种手段，和文字缠斗、与自己较劲，于我而言是一种艰难的快乐，但常常也是我疗愈自己的过程。

再版从前的书，如同在银幕前回放自己的过去。无论如何，拜这些年少无知如无头苍蝇般胡乱冲撞的文字所赐，我竟得以拥有了一些读者，并看到了更广阔的文学风景。这本书里的前半部分文字是我在即将进入三十岁时对自己的审视，对做过的一些事情的求索和记录，是活生生用心和汗水换取的日子，因此，在修订时保留了原书前两章的大部分文字，我宁愿它们保留原本的模样，权当为记忆和思想做个备份。我想让更多曾有过或是正有创业念头的人知道，这个世界上，总有人会为了理想摔跤、哭泣、不理智、赌气、疯狂……毕竟，养活自己已经很难了，还要养活自己喜欢的事情，就更不容易了！而在我看来，坚持做喜欢的事情就是拥有这个世界最好的途径。除此之外，我希望这本书更具个体特性与时代面貌，加上过去几年里我的生活经历和状态都已发生了巨大的改变，于是我把创业故事进行了续写，并增加了当下对于价值观部分的探讨。我想这不只是我的故事，也不是我和我的同代人的故事，而是一代人在时代的历史进程中，如何实现自我、寻找人生更多可能性的探索之路。

在《小店》出版后的这几年里，一直陆续收到读者的留言和来信，其中不乏有人向我讲述因为读了这本书而有勇气去做出新的选择、走出新的人生。这让我想起，曾有记者问霍金人世间最让他感动的是什么。霍金认真思考后回答：遥远的相似性。就像一颗星和另一颗星，一个黑洞和另一个黑洞，一条河流和另一条河流……宇宙中的万物自有其联结，你突然发现原来自己并不孤独，也并不是一个人，这种相似多么美好而浪漫！

二○二○年四月八日晚

夏小暖于杭州家中

目录

守着一棵树，守着一家店，过一生。

我想让更多曾有过或是正有创业念头的人知道，这个世界上，总有人会为了理想摔跤、哭泣、不理智、赌气、疯狂……毕竟，养活自己已经很难了，还要养活自己喜欢的事情，就更不容易了！

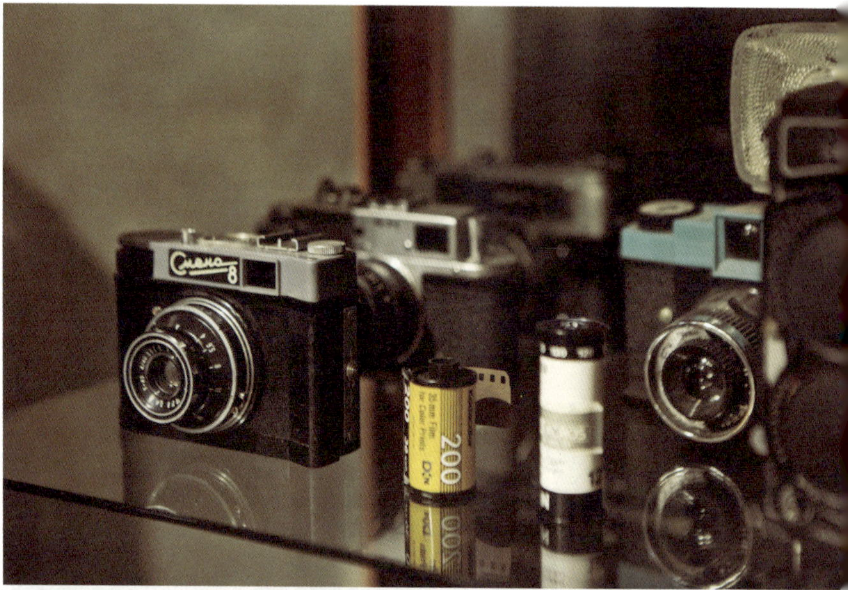
Смена 8
200

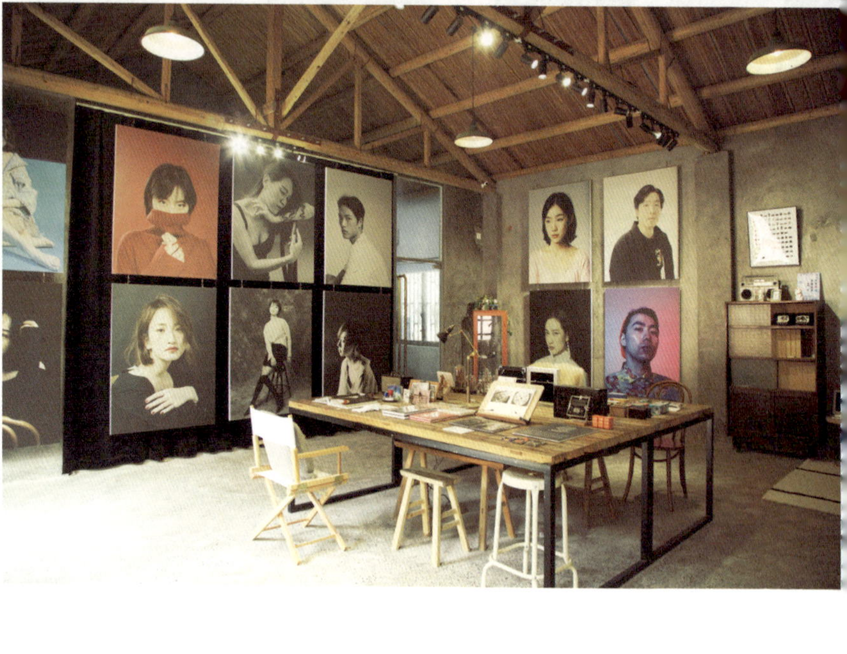

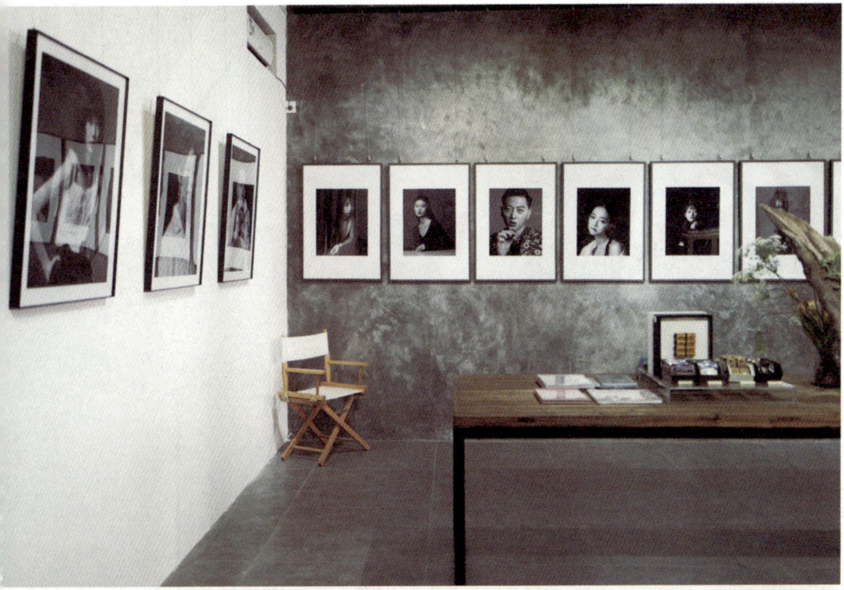
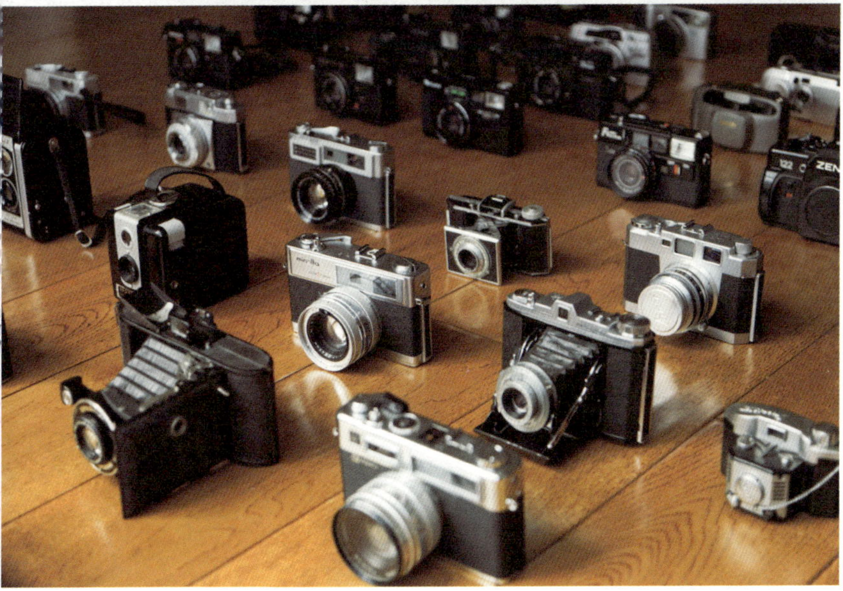

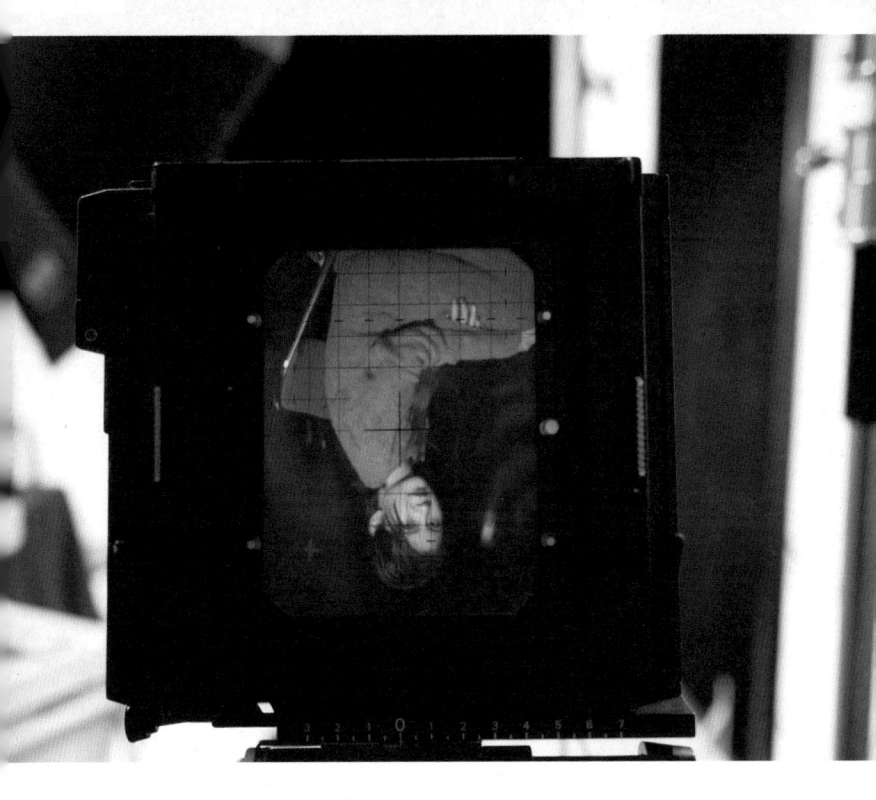

我们希望人像图书馆能为更多人拍下一张真正值得留存一生的经典，
看见那时候自己真正的表情或状态。

一个团队的努力是乘法效应，一个人再酷，不如一群人走得远。

用展览的形式传达个性观点，希望有更多的人能够走到实体空间里
来阅读一张照片，深读一个人。

摄影这个词的词源，在希腊语里就是"光"加上"书写"，
摄影师就是用光线来书写的人。

第一章

我的自由之路

最初的梦想

　　二十七岁之前，我一直以为我的人生会和这个时代的绝大多数女生一样：念书、毕业、工作、恋爱、结婚、生小孩……可大多数时候，事情总是不按计划走，命运也总是开玩笑，在亲朋好友们都理所当然地以为我的人生已基本步入正轨的时候，我又一次在众人失望的叹息声中将稳定的局面打破，破灭了父母期盼我能早日结婚生子的念头。在他们看来，我最不成熟的地方就是压根没把自己当成一个即将步入三十岁的人……也许，我内心一直觉得自己才二十岁，一脸的桀骜固执，满脑子的不合时宜。

　　与此同时，我在一次家庭聚餐上宣布了一个石破天惊的消息——我要辞职创业去了！顿时，餐桌上一片寂静。刹那间，我看到父亲脸上的愁云，母亲眼里的恐慌，众亲戚心中的质疑。我仿佛听到筷子"啪啪啪"掉了一地的声音，所有人的嘴巴都张成了"〇"形。看来，我的人生注定成不了一部正剧，而只能先从反转剧开始演起了。

　　我出生于20世纪80年代中期，在整个童年和青春期里，我都梦想着长大后能成为一名电台主持人。

　　父亲说，我从小就对声音敏感。在我还不能够直立行走的时候，他没有时间总是抱着我，只要让那个老式的收音机发出声音，我就不哭了。我们家是当时最早买上收音机的人家，夏普6060的进口货，父亲用外汇券托人买的，他喜欢听邓丽君的歌，买了很多磁带，反复播来听。没有收音机的时候，他就把我放在床上，一边忙手里的活儿，一边嘴里轻声哼着调调，我就不哭。

　　大一点儿之后，我喜欢在睡前让母亲翻开故事书念一个故事给我听，听着听着我便可以安心入睡。后来母亲工作越来越忙，没时间每天给我讲睡前故事，父亲想了一个好办法，让她提前把书里的故事念出来录在那台收音机里，每当我上床的时候，再播出来给我听。有时，我自己也录故事，对着收音机讲话，那些童言无忌的话在许多年后曾被我翻出来听，就像面对过去的自己。

再长大一些，我开始跟着那台老收音机里放的流行歌曲慢慢哼唱——那是我家里比我岁数都大的古董。

上小学以后，父亲托人帮我去买了一个五百多块钱的松下Walkman①，那时候能用上这玩意儿的可都算是家境优渥的小朋友。我记得人生中买的第一盒磁带是范晓萱的《健康歌》。那个年代的孩子不像现在可以拥有如此多的偶像，听到如此多的歌。由于还没有网络，听歌的渠道非常有限，除了听广播就是买磁带。我上初中那会儿，把每个月仅存下来的一点儿零花钱偷偷拿去音像店买磁带。对，那时候只有磁带，CD或者DVD也是再后来的事情了。其他小孩有整箱的芭比娃娃或变形金刚，我只有一抽屉一抽屉的磁带……

我读初中的时候，家里管得很严格，除了周末，平时父母都不准我看电视，于是，听广播成了我唯一的娱乐休闲方式，有些梦想随着声波的传送从此走进了我的心里。在当时的我看来，那是人生最理想的一种职业：华灯初上，在广电大楼里一处安静的

———————
① Walkman：随身听，此处指便携式磁带放音机。

密闭空间内，做一档属于自己的音乐类谈话节目。没有选择与放弃的踟蹰，没有理想与现实的冲撞，在那里，打开话筒就是一方自由天地。我当时立志将来一定要做一名电台主持人，在图像匮乏的年代，声音曾是许多人的心灵寄托，一台收音机就是一个无拘无束的梦想。而电台很简单，就是把自己的梦告诉别人，在我看来，做电台的人都是喜欢做梦的人。

于是，我开始将一天之中每个时间段好听的电台节目记录下来，准时收听，甚至会守在电话机前拨打听众热线。我开始疯狂迷恋好听且富有磁性的电台主持人的嗓音，那几乎成为最晦暗的高中三年里我的全部精神支柱，那些声音陪伴我度过无数难熬的夜晚，给过我力量和希望。

填报高考志愿的时候，父母想让我念个以后可以进正规事业单位的专业，我死活要考传媒，我就是想要做电台主持人。现在想来，表达的欲望和对自由的向往可能就是在那时萌发的，虽然后来并没有完全兑现，我却有了其他诉说的方式：照片和文字。

但其实自己骨子里对于当电台主持人的梦想总存有几分不自

信，因此，在选专业的最后时刻我并没有直接填报"播音主持"，而是"曲线救国"般地选择了"编剧"。渐渐地，我开始意识到，做电台主持人这个梦想对于我来说其实并不那么现实——长相不算出众，声音不够特别，硬件来说我很一般；另一方面，个性偏孤僻，并不善于与人打交道，公众场合也无法做到八面玲珑，软件上来看也没什么戏。更重要的是，即使我当上了电台主持人，也不见得就能做我所喜欢的那种类型的节目。试想，如果让我每天去播天气预报或是电视购物广告，那简直比不能做还要痛苦啊！综上所述，我开始理性地认识到梦想和现实之间的差距，我所喜欢的事情未必是我所擅长的，也未必真正适合我。

那个年少时的梦似乎离我越来越远，但大学毕业后，我还是成了一名传媒工作者。心中的电台情结一直还在，对于好听的声音也依旧没有抵抗力。我后来认识了一些朋友，发现我们的记忆雷同，发现那些九块八[①]、新华书店、拿空白磁带录电台的广播

---

① 　九块八：20世纪90年代，音像店里一盒正版磁带的价格为九元八角。

节目、上海音像、滚石Logo、买打口碟①等音乐事件也统统一致，于是一起喟叹那个文艺的少年时代。

　　有人曾问我："你有过一个想用尽一切可能去实现的梦想吗？"

　　"当然。"我毫不犹豫地说，"你呢？"

　　"我曾经有，但那已是很遥远的年少时了……"

　　突然想起那时候的我，绝对是一副年少不知愁滋味的模样。不知道从何时起，我也已经不再只顾着埋头向前走，而学会偶尔回头看看了。我发现自己的生命里已经有了第一个十年，第二个十年，而后是第三个……我也可以故作沧桑老态地调侃说："那是十年以前了。"

　　只是，我总觉得自己依然年少，虽已不是当初的少年。

---

①　打口碟：即国外正版碟（包括CD、VCD和DVD），国外出版商因为高估销量而大量生产，结果卖不出去只好进行打口销毁（打到口为打口CD，没打到口为原盘CD）。这些碟片通过不同途径进入到中国，又因价格便宜、首版发行等原因，得到中国音乐迷和收藏迷们的喜爱。

人生就是这样，某些人某些梦的出现好像就是为了要把你扶上某一条路，比如曾经在收音机里听过的那些声音，比如想做电台主持人的梦，这些事教会我，跟随自己的心，它一定会带你去你应该到的地方。

那些年，我们追过的偶像

　　每个人在年轻的时候都一样，喜欢过偶像，想要去流浪，也总有过遥不可及的梦，不顾一切想要去追求。都说没有追过星的青春是不完整的，你的青春纪念册里曾有谁？如今是否依然还在？每一代人，甚至每一个人，都有一张陪伴自己成长的歌单，那是曾经经历的时代。我是听着五月天的歌走过青春的一代，对我来说，五月天的意义大于任何一个流行明星，对他们的爱从中学时代床头收音机里的那首《拥抱》开始……

　　念大学时，我曾在日记里写下"一生中要做的一百件事"，第一条就是"去现场看一场五月天演唱会"。20世纪90年代末，去现场看喜欢的歌手、乐队的演唱会简直是奢望。而人生越往后，你会发现想要实现最初的某些愿望的可能性反倒越来越小了。那一百件事情中很多件仍未完成，也有很多已经再也没有机会去完成了，但看五月天演唱会这件事我却乐此不疲地做了一遍又一遍。

二○○九年八月二十二日，我永远记得人生中第一次去看五月天演唱会的那天。在那场杭州体育馆的室内演唱会上，主唱大人阿信说："在很多很多年以后，五月天仍然会为喜欢他们的人唱歌，即使是拄着拐杖！可是，你们是否也会把手中的荧光棒换成拐杖，听我们唱歌呢？没错，五月天就是一个最会做梦的乐队。而你们，就是一群最会做梦的歌迷。"最后，他宣布："五月天有了一个更大的梦想，要在杭州开一场没有屋顶的万人演唱会！"而那时的我也和自己约定，等他们再来杭州唱进万人体育场的时候，无论如何我都要亲临现场。

二○一一年十二月四日，我第一次在零度严寒的户外看演唱会，也是第一次直挺挺站着唱了三小时的万人大合唱。结果，《出头天》都没有唱出来，正能量好像也不是很够撑到"世界末日"就结束了。为了弥补那次某些情绪的缺憾，我在心中重新存下了一个愿望：要在二○一二那一年，登上五月天的"诺亚方舟"。

二○一二年是传说中的世界末日年，五月天也出了他们暌违三年的新专辑《第二人生》，整张专辑都在讲述如果世界末日真的到来，我们该如何完成当下的自己。年初的时候，闺蜜的妹妹从台湾帮我排队买到了预售版的专辑，听着里面的歌，看着那些歌词，我问自己还敢不敢疯，敢不敢做梦。不知道是不是在这几年里积攒下来多一点的勇气，这一次，我终于大胆地做了决定。四月，我对自己说，再不出发就老了。而后，我开始了长达两个多月的"人生重启计划"，偷偷存旅费，看打折机票，做父母的思想工作……辞职、旅行、计划创业，这些在过去我想做但未做的事情都在那一年做到了，而剩下的就是登上五月天"诺亚方舟"的心愿。没赶上北京鸟巢的演唱会，我追悔莫及，于是开始在网上用尽各种方法疯狂抢购上海旗舰场的演出门票。

不得不惊叹，音乐是股神奇而巨大的力量，它将分散在各地的人们汇聚到同一个时间、同一个地点，见证很多奇迹的诞生。每次五月天的演唱会都成了全国各地的歌迷聚集起来的节日，在听到熟悉的旋律响起，某句歌词被唱出来的时候，大家总会忍不住掉眼泪。有人说，看演唱会的过程就是一个人好好回忆的过程，总有一些歌让你想起远方的人，所有想说的话，歌词已经替你传达了。

　　渐渐地，每年看一场五月天演唱会似乎成了一种习惯，就像一年加一次油，就可以靠这些能量撑过一整年。回想起来，我人生最重要的转折点似乎都跟五月天有着某种微妙的关联。因为那一首《第二人生》，我才真正迈开了脚步，相信无论当下过得多糟，想要的生活有多么遥不可及，我们都会有开启第二人生的可能。

　　四年之后，五月天发行了作品九号《自传》，那时的我正值第一段创业的倦怠期，我很犹豫自己是否应该继续坚持做下去，听到新歌《人生有限公司》《顽固》的时候泪流不止，躺在床上的我心想，如果有一天，我不再爱五月天了，我就真的老了。

　　于是，在注册新公司的时候，合伙人让我想两个公司的名字用来备选，我当时脑子里第一个冒出来的就是——"人生有限公司"，可惜"人生"这两个字注册不了。最后我们注册了"并非文化创意有限公司"，"并非"也就是"并不是"的意思，看起来有点吊诡的意思，实则是想提醒自己，时刻用辩证的方式去看待这个世界。"并非"是一种否定，一种质疑，在我们面对成功的时候要保持清醒并学会质疑和否定自己，遇到低谷或挫败时则有咸鱼翻身的勇气，对自己说："潮落之后一定有潮起，没什么了不起。"因为，你怎么做，你怎么活，就决定了你是谁。人生有限，你的自传却有无限种写法。

　　我终于又在家乡杭州看到了五月天的演唱会。一年比一年更难买到票，买不到票就只能站在场外听，我看到三个歌迷围在场外听完了整场，举着三瓶养乐多对着体育场干杯，那一幕真的令我心疼……但无论如何，能冲进去见偶像，见到了，就是最好的一天。阿信说："能买到五月天演唱会门票是一件很不容易的事情，所以，恭喜你们成功被录取，成为人生无限公司的股东！"那一天，就像是我重新上班的第一天，并且还心甘情愿地加班了两次。原来，"加班"也可以是一个如此燃的词，真想一直加班到八十岁也不退休！

　　"去台北看一场五月天演唱会"应该是所有"五迷"的终极梦想，二〇一八年跨年，我终于等到了这个机会。当得知那年五月天会在台北桃园国际棒球场连开十场跨年演唱会的消息后，我和闺蜜当机立断开始查找攻略，精心准备这一次的抢票。正式开票前，先对当地的票务系统做了研究，如何注册登录，如何参与抢票，如何付款……而最终能否成功还在于运气。记得开票的那一天，我们早早地在家中连上网络等待着"千钧一发"的时刻，分工协作提高成功率，我通过电脑端登陆抢票，闺蜜则负责用手机移动端操作。开票那一刻，当我迅速陷入网络无法刷新的气馁之时，闺蜜那边竟传来了好消息："我抢到啦！摇滚区！"我想，那一天一定用光了我们积攒了那么多年的好运气，才愿望成真的。

终于可以去台北看五月天演唱会了！

终于可以在最中心的摇滚区和主唱大人见面了！

终于可以去101看跨年烟火了！

……

二〇一七年的最后几天，我在台北展开了一趟以演唱会为主题的跨年旅行。行程中特地安排了去五月天第一次登台表演的台北大安森林公园，从未想过在他们成团二十周年的这一年，我居然能来到这里，坐在他们曾经坐过的位置，跟着他们一起回忆了整段成长的岁月，似乎也在跟自己的青春挥手作别。

演唱会当天下午，我们早早地抵达了台北车站，坐上四点零五分的"桃园五月天专线"前往桃园国际棒球场。虽然那天下着小雨，但大家的激动和热情丝毫不减，三个半小时的演出，我们在摇滚区一直挥舞荧光棒唱完全场，几乎没有坐下。第一次亲临现场感受有延伸舞台的演唱会，某一刻，我跟阿信的距离甚至不到十米，或许是这辈子与他最近的一次了吧。阿信感慨地说："我记得我们去当兵前最后一场演出，下了超级大的雨，所以每次下雨都会想起当时分离的感觉。很多年后，我们再次聚首，为了把大家找回来，去很小的场地演出，把你们一个个找回来……这么多年，谢谢你们没有离开。从今天起，演唱会下雨再也不代表分离，而是代表你们始终不曾离去。为了报答你们，在你们以后的人生岁月里，遇到刮风下雨，我们会依然做出让你们心动、为你们疗伤的歌。也许你失恋、失业，但你戴上耳机，我们还是会永远陪着你，我们永远一起唱。"

第一个泪点出现在《顽固》这首歌响起来的时候：

"这些年让步的你是否会叹息 / 有什么事你永远不放弃 / 一次一次你吞下泪滴 / 一次一次拼回破碎自己 / 一天一天你是否还相信 / 活在你心深处顽固的自己"

很多歌，即便你听再多遍，一旦唱起，依旧还会深刻打到你心底。

每个人在年少时代或多或少都有过"追星的经历","追星"是你的人生里第一次出现一个自己选择的"对象",你会听他们的歌,看相关的书籍和影视作品,从各种渠道关注他们的讯息……虽然后来你会发现人生其实还有更多值得去追寻的东西,但偶像带来的那种灯塔般的力量是其他东西代替不了的,可以和偶像一同老去何尝不是一种幸运。我亦逐渐开始明白,为什么每个年代都会有属于自己的偶像。"一代人终将老去,但总有人正年轻①",虽然面对那些新的偶像我肯定不会再那么疯狂地去追逐了,但偶像不就是要陪伴每一代人好好地度过他们的青春吗?每个人都无法忘记自己十八九岁那些年听过的歌、喜欢过的人,其实怀念的不过只是当时的自己,有如刘卓辉在给陈奕迅写的歌里所说"当世事再没完美,可远在岁月如歌中找你"。

---

① 出自中国内地刺猬乐队的歌曲《火车驶向云外,梦安魂于九霄》。

打工四年

大学毕业后，我先后一共为四家公司打过工①。

大二暑假，家里人安排我去电视台实习。他们总说，电视台可是多少人挤破了头想要进去的地方，如果你想要毕业能进电视台工作，就得早早地去实习，早早地托好关系，早早地给自己占位。只是没想到，我的第一份实习工作就让我原本想要在电视台工作的一腔热情戛然而止。

那是杭州本地一档日播的新闻节目《新闻60分》，带我的老师是该节目的一路跑线记者，姓娄。娄老师高高的个头，身材魁梧，国字脸，看上去敦厚老实，他并没有比我大多少岁，却已经在这个圈子摸爬滚打了好几年，抱有热忱的新闻理想。他常年跑

———————————

① 这里的打工指与用人单位签署过正式劳动合同的工作行为，而非临时的兼职或短期的实习。

公安消防线的新闻，对于自己业务范围内的一切都有着一套清晰的逻辑思路和处事技巧。我们每天的工作流程通常是这样的：早上八点半准时到办公室，第一件事就是打开电脑浏览几大本地网站寻找新闻线索，一旦觉察到自己跑线范围内的可以进一步挖掘或采访的事件点，立马上报选题；接着就是电话联系当事人或可被采访的相关机关单位，这些都只是准备工作，制片人审核通过你的选题报告之后，你才能正式约上摄像师傅一同出发采新闻。

当然，这过程中往往会出现各种各样的突发状况，比如当事人拒绝接受或是不配合采访，机关单位摆谱不愿公开说话等等，人情世故、事态冷暖也都在这里头，很多人用几十年的职业生涯也没能弄明白，又岂是我一个初出茅庐的小丫头能懂的！所幸，娄老师很关照我，我也耳濡目染学到很多，可以说我进入媒体行业的第一扇职业大门是他帮我打开的；外出采访完毕后，马不停蹄进入紧张的写稿阶段，根据所采的画面以及人物同期声整理出一条完整的新闻事件，再接下去是找当天值班的播音员配音，最后才是根据配音贴画面素材，也就是所谓的后期剪片等工序，最终将成片交到制片人手中审片，审核通过方能在晚上六点档的节目中顺利播出。而以上所有工序的关键就在于对时间的掌控，你必须得赶在晚上六点之前完成以上种种，否则，你的片子将无法在当天的节目中出现，而新闻最重要的就是时效性。

实习了一个月，我大致总结出了一些惯性的工作思路：

一、在杭州当时的路况条件之下，交通事故的报道等记者赶到现场通常已经没你什么事儿了。

二、但凡有人主动报案说要跳楼的，大概率只是为了用个体极端行为引来媒体舆论的关注，他压根不会真跳。

三、火灾事故最重要的是人员伤亡情况，要尽快调查出火灾原因，是否是因为违规用火或抽烟造成，要关注事发现场的消防设备是否正常、齐备。

……

由此我发现，大多数事件都有技巧和规律，即便是面对这座城市里每天发生着的看似毫无头绪的事件，也万变不离其宗。之后我又参加了一些更具挑战性的采访：跟娄老师突击扫黄行动、在四十度高温下徒步穿越钱塘江、打击地下盗版碟团伙……跑新闻的女生必须是修炼成女汉子的节奏！那年夏天一个月的实习经历让我如雨后的麦子拔节成长，同时也真切地感受到了电视新闻人的重压和现状，重新审视了自己的职业目标。

二〇〇八年正式毕业之后，一番辗转，我选择进入了一家当地的主流网络媒体。正值互联网飞速发展的黄金期，网络新媒体相较于电视、报纸、广播这些传统媒体来说有着更大的空间和变化，当时还怀揣着传媒梦想的我，一心想要在那里闯荡出属于自己的一片天。去新闻网站做记者，对我来说是另一种"曲线救国"。就这样，我的职业生涯从新闻网站的民生投诉记者开始了。

民生投诉记者每天要面对的是最基层的老百姓，帮他们解决问题就是我的工作。对我这个一贯固执、以自我为中心、多一事不如少一事的"大小姐"来说，处理那些"噶事噶非①"、说不清理还乱的矛盾纠纷真的是一大挑战。不仅是业务上的挑战，更是心理上的。而我入行接的第一个新闻就是关于牛奶安全问题的连续追踪报道。

当时，全国乳制品行业因为三聚氰胺事件闹得沸沸扬扬，杭州也是满城风雨。新闻部一天能收到近百条老百姓关于本地乳产品的投诉和质疑，为了调查清楚行业的真实状况，安抚民心，采

---

① 噶是噶非：杭州话，地方方言。意为背后议论别人，搬弄是非，说三道四。

编部的老大召集记者和编辑团队对杭州本地颇具名气的几家乳产品企业进行调查走访。通过对企业负责人的直播访谈、社区供奶点的抽查以及招募志愿者参观奶牛厂等一系列连续报道，我们让网友了解本地乳业的真实现状，安抚了大众担忧的心情，在一定程度上以媒体的力量平息了社会恐慌。那次的系列报道得到了部门老大的高度评价，他对我的工作也很是肯定，作为新人，这是一个完美的开始，我的工作积极性大增。

之后，我每天都周旋在各种各样的投诉事件之中。从电视购物的消费陷阱到家具行业的售后纠纷，从医患矛盾到省市贫困县的扶贫救助……下基层、跑现场、走机关、探实情，我深知自己做这些事的初衷并没有那么崇高和正义，因为这些都是我的工作，我必须处理好每一个投诉、做好每一条稿子才能完成绩效考核。与此同时，我第一次发现，可以通过自己微薄的力量去帮助一些人，去问问题，也去找答案，揭开一些真相，说出一些事实，这竟然给我带来了莫名的成就感。相较于过去那个养尊处优、不问人间疾苦的大小姐，步入职场后的我似乎终于接上了地气，在微小的工作岗位上成了一颗社会的螺丝钉。

我开始会借由某些事件得知，原来某一企业或者某一组织已经出现了问题，这些问题虽然让我受挫，但我知道我不应该沉默，因为如果我沉默，我就接受了这样的现实，甚至让自己也沦为这种现实中的一部分。一个不够出色的社会就是让人感到"懒得跟你们说""反正我说了也没用"，这一点是对自己二十几年来固有思维模式的颠覆。马丁·路德·金说："历史将会记录，在这个社会转型期，最大的悲哀不是坏人的嚣张，而是好人的过度沉默。"过去的我一直觉得自己没能耐做好人，又不够资格做坏人，面对恶意我无法反抗，只能选择沉默。然而，要当一名民生新闻记者的首要前提却是——不再沉默。我必须亲眼去看这个世界，去了解真相，哪怕是不好的、丑陋的，反过来思考投诉者的愤怒，因为愤怒是非常重要的力量，它通常是真相的前生，在它蜕变之前，所有的真相都来自一股好奇和愤怒，整个社会都应该珍惜民众的愤怒。我可以在拿起话筒采访的瞬间从小女生变身成女汉子，跟无良商家斗智斗勇；可以为了一起几块钱的网购投诉和蛮横的卖家争得面红耳赤；也可以若无其事地在包里装上针孔摄像头做暗访调查……但在目睹这个世间真实的苦难时，我仍然无法做到冷静。

记得一次接到一件医患纠纷的案子，我带着摄像师傅赶去杭州半山肿瘤医院重症监护室采访癌症病危患者。采访中，病人家属泪流满面地握着我的手，哭诉并祈求我帮助她，有很多次，我还没采完内容自己就先泪流不止，于是每次身旁的摄像师傅都会对我说："小姑娘，你太感性，不适合做新闻。"我深知，那并不只是同情或者怜悯，而是对自己在那一刻的无力感到无奈，因为没有人会比我更清楚，我根本无法帮当事人解决她的问题，有太多事情是我们无能为力的，无力帮助、无力解决，更不用说去改变了。那些痛苦的、纠结的、悲摧的、折磨的日日夜夜，我回想年少时期的英雄梦想，想要变超人去拯救世界，最后我发现世界根本已经没救了。总有一种不合时宜的悲剧英雄主义情结，为了骄傲和荣誉而把自己逼进死胡同里，我开始怀疑自己一直所坚持着的事情，怀疑过去非黑即白的价值观，我终于接受了这个事实——作为一名新闻工作者，我的工作并不是帮人解决问题，我能做的只是报道真相。生活稳稳地向前，对啊，我只是想做一个虔诚的车轮而已，那又何必伪装得像一部车。

第二年，我从民生采编部被转到了政府新闻办，主要负责省政府新闻办公厅全年的新闻发布会，有几个月我甚至被直接安排到了省政府内部坐班。相较之前的工作，政府新闻显然会轻松得多，却也无聊了许多，有一种与世隔绝被打入冷宫的错觉，又像提前进入了退休期。但父母得知我被调遣的事情后却高兴坏了，我母亲总说："女孩子嘛，能够有一份稳定又相对轻松的工作是最好的，又不指望你赚大钱。"言下之意是让我再努力努力争取能够搞个事业编制，旱涝保收。在我们那一代孩子的父母心中，公务员是最完美的职业。当年的我偏偏对公务员毫无兴趣。"就算大多数人都想考公务员，我就喜欢自由职业！真是话不投机半句多！这个世界有时候需要的不是一场革命，而是几个不一样的个体——比如我！"虽然是气话，但每当跟母亲唱反调我总是声情并茂极富煽动性，许多年后，回想当年那些脱口而出的冲动话语，我终究会为自己的偏激和狂妄深感惭愧。

挨日子，多可怕。幸好，只是短期的调派，很快我又回归组织了。告别了民生新闻的是是非非，却又进入了另一个怪圈，忙的时候可以完全没有私人时间，空的时候又只得无所事事。我每周和形形色色的人打着交道，但是好像一起玩得开、说得上真心话的人也就那么几个。打交道的大都是些端着架子、深受体制熏陶的机关组织里大大小小的人物，有些仅限于工作上的接触，有些只是应付。说得夸张一点，我觉得只有人格高度分裂，且拥有控制这种高度分裂状态能力的人，才能很好地在政府公共部门工作。换句话说，只有更智慧、更抗压、更不在乎自己的人，才能活得更好，而我显然不是。对于工作，我已经说不上喜欢，更多时候也开始混日子。加班或是不加班，工资就在这里，不高不低；买房或者不买房，价钱就在这里，不为所动；工作或者不工作，实习生都在这里，爱来不来。"反正有的是实习生！"于是，负面情绪增长……我一年一年又一年地过，看到自己毕业一年多了，又一年多了，总觉得应该改变了，常会被电影里的一句台词或书里的一句话点醒，我心底开始萌发辞职的念头，却没有勇气走出那一步。当下所经历的迷茫和窘境，其实就归咎于不愿面对的改变和多年来不曾根治的恶习。人生的第一次辞职，总是让人有口难开。

没有什么比决定辞职来得更爽

一切的转折点是同事老胡的突然离开，这是我始料未及的。

二○一一年，工作的第三年，企事业单位进入新一轮的体制大变革，互联网继续飞速影响着人们的工作和生活，微博的发展和普及成为那一年最大的改变。各家单位都面临着一场残酷的大洗牌，我所在的部门也没能幸免。美其名曰劝退，其实就是裁员，让你自动走人。虽然笃定自己肯定不在裁员名单中，但看着昔日的好同事接二连三相继离开，我心里实在不是滋味。连续几天，领导都当着大家的面裁员了我喜欢的同事之一，还有之二……我不敢看他们离开时的表情，只会躲在电脑前不争气地掉几滴眼泪。我头一回如此深刻地感受到这个社会的残酷，他们都如此优秀，为什么得到的却是这样的结果？但是，我并没有能力保住他们，我什么也做不了。

办公室凝固着死一般沉重的空气，我忍气吞声地看着身边的同事一个个离开，觉得自己特窝囊，直到老胡接到劝退通知的那一刻，我彻底崩溃了。失去一个好的工作伙伴绝不比失去一个恋人来得轻松，老胡是我的同事，更是我的好朋友，是为数不多的几个让我完全可以不在意自己有多不完美的周围人。第一份工作建立起来的友情难能可贵，我还没有学会把感情和工作分开。

老胡是这一行科班出身，南京大学新闻系高才生，毕业后只身一人来杭州闯荡。她是我第一个真正意义上的工作伙伴，第一个让我明白什么叫协同工作的人，第一个让我从工作中获得过团队成就感的人。她是个一旦工作起来就像打了鸡血一样拼的人，她是绝对的"On Call 36小时 ①"，不管在外面采访或者直播多么累多么辛苦，反正回到办公室就有老胡帮我善后；不管我拍了多少组的照片，要写多少篇稿子，反正拿回去一股脑扔给老胡，她肯定能帮我整理；不管我接到了多么艰巨的任务，压力多大，反正有老胡在，她可以帮我一起扛……曾经就是这样，我觉得什么事都有老胡在，是她让我觉得很放心。我无数次想辞职的念头都是因为老胡的存在而打消的，其实很多时候，我们并不是为了工

---

① On Call 36小时：出自2012年香港TVB推出的一部医务电视剧《On Call 36小时》。On Call即值班、当值的意思，On Call 36小时指可以持续工作36个小时，形容随叫随到的工作状态。

作才在一起，而是为了在一起才不得不一起工作。

因此，当得知老胡被劝退的消息后，我想都没想地就往领导办公室冲，我要和她一起走，我要辞职！是老胡把我拦下的，她劝我千万别冲动，"留得青山在，不怕没柴烧"。我记忆犹新，她离开的那天，我在被窝里整整哭了一晚上，我觉得我的"二人转"唱不下去了，我好像瞬间失去了一只手，觉得自己压力好大，好像都没能力应对接下去的日子了。我不知道多少人曾有过这种感觉——你曾经可以依靠的一个肩膀突然没了，好像依赖惯了，已经成为一种习惯，却突然要失去了的那种无力感。后来，也是她让我明白，当你发现一些事终究只能靠自己，谁都指望不上时，要么慢慢挨，要么收起欲望。

老胡走了之后，部门又陆陆续续走了好多人，能说话的人越来越少，孤军奋战的无力感让我陷入了那些年最大的低谷。过去的我总觉得，皮夹丢了可以买新的，银行卡丢了可以办新卡，身份证丢了可以换新证，但是很多东西不是换一个就了事的，比如工作。所以，我一直告诫自己要忍耐，真正的自由不是想做什么就做什么，而是不想做什么就可以不做什么，但人一辈子总要做很多自己不喜欢的事情，才能畅快地去做真正喜欢的事情吧。每个人都会说：其实，我想要的很简单，我想做个简单的人。可是，人生就是要经历无数的复杂，最终才能过上最简单的生活啊！我清楚自己在单位工作的终极目标是什么，不为升迁往上爬，不求手揽富贵，而是为了积累，积累更多的能量、更强的能力。也许周围大部分人在这里吃苦耐劳的目的都是为了能够留下来，从此有个"铁饭碗"，但我不是。一辈子为别人打工太可悲，我觉得，现在工作是为了以后不工作。"铁饭碗"的真实含义不是在一个地方吃一辈子饭，而是一辈子在哪里都能有饭吃。我的留下，是为了离开。谁能料到，我这个"腹黑女"三年卧薪尝胆般的忍耐竟然是为了有一天能头也不回地离开！我在等一个时机。

选择一份工作，对我来说最重要的无非三点：

一、这份工作为你带来的人际圈。有时候你在哪里工作，挣多少钱，工作累不累都不是最重要的，重要的是你遇见了谁，"人"才是最重要的。

二、你从工作中可以习得的东西。人对知识的渴望是永无止境的。"我为什么要来这里"很关键的一点就是"我有太多不会的东西"，而这些东西往往是你无法在学校的课本里获得的。就像学游泳，教练给你讲解各种技术性的要点，甚至演示给你看，但最终你如果不下水，不自己到那个环境里去感受，是永远也学不会的。

三、获得物质上的财富。之所以把这一点放在最后，是因为我觉得在一个年轻人踏入社会初入职场的最初几年中，不应该把"薪水"放在第一位，当然每个人的家庭背景和生活现状不同，不能一概而论，但前提是这份工作起码也要能够养活自己。在满足基本温饱的前提下，"薪水"应该排在相对靠后的位置。

于是，我开始深度地分析自己的职业现状。当我发现周围能够开心地与我协同工作、为我带来正面能量的伙伴越来越少；工作内容不再具备挑战和新鲜度，取而代之的是机械化、一板一眼的重复劳动，每天毫无长进，学无可学；拿着每个月到手的那一点死工资，还得担心是否会被安排去做自己不乐意的工作……事情的规律就是如此，当前两点主要矛盾都无法满足的时候，第三点的次要矛盾会自动升级成主要矛盾，变得尤为重要。也就是说，现在的工作如果能给到我一份具有诱惑力的薪酬，那我就为了钱忍耐下去，但事实是显然不可能。所以我得出结论：我该认真考虑辞职这件事了。

　　我在那一段时间内暗暗地通过网络搜寻各种本地招聘信息，恰巧碰上国内三大门户之一的互联网公司来杭开设地方站。通过初试、复试、笔试，我借由之前的工作经历很顺利地通过了考核，谋得了自己感兴趣的工作岗位，薪水也翻了近一倍。讽刺的是，在新公司通知我去报道的前一天，我居然拒绝了新公司的offer，原因只是我害怕改变已经习惯了的习惯，害怕去一个未知的新环境，我不知道门后是五彩世界还是万丈深渊。

　　眼看着一个绝好的跳槽机会即将被我断送，人生的剧情却又峰回路转了。那一日，接到新公司HR电话的时候我正在海宁出差，对方劝我考虑再三后，我还是借故拒绝了。回到杭州后，我在办公室因为工作上的一些安排和才来部门不久的一位新同事吵了起来，刚出差回来的我已经筋疲力尽，眼前一大堆事情让我焦头烂额，一个新来的员工居然在此时对我这个三年来任劳任怨的"前辈"呼来喝去，使得我心里极其不爽，再加上积累已久的怨气，我头顶上冒着"三昧真火"冲到走廊，拨通了新公司HR的电话："喂，你好，我是××，我决定接受你们的offer。"电话那头听到我改变主意自然是很高兴："太好了！那你什么时候能正式上班？""我会抓紧安排好这边工作的交接，尽快办理入职！"

　　或许很多选择都是出于一时冲动，都说"冲动是魔鬼"，但我知道这一次这个魔鬼却帮助了我。我不能再继续那样工作下去了，我必须得改变原有状态，必须得开始一段全新的生活。我不想在一个固化又臃肿的体制里度过一生，我不要当锅子里的青蛙，不要活在温水里面。虽然改变真的很难，但很多事情，就是因为它很重要它很好，所以才那么难。所谓不破不立，一定要打破自己原有的许多固定观念，才能呼吸到新的空气。

　　没有什么比决定辞职和分手来得更爽，而真实的这一幕却发生得出奇平静。这是我踏入社会的第一个三年，没有一段经历会被浪费，或许这段生活的价值还不是当时的我可以认识到的，或许它所带来的其他影响才是我以后工作的关键。走之前，我的直接主管领导黯然失落地对我说："凭你的能力，一定可以在新的地方做得很好的。"我想，这句话应该是对我过去三年最好的肯定了吧。我并不曾怨恨他，因为他也只是在体制中浮沉的可怜人，如果可以，他也一定不愿意看到曾经的团队各奔东西，散落在天涯。在离开的出租车上，我收到了他的短信："这些年，没能照顾好你。"

喜悦和难过总是同时发生，那一刻，我突然湿了眼眶。

经历了第一次跳槽，我开始了新的职场生涯。商业网站跟过去政府新闻门户网站有着本质的区别，如果说过去我是只关在笼子里的鸟，那么如今就算是真正飞进树林里和百鸟们共同竞争了。市场竞争的激烈程度不言而喻，我们所做的每一项工作最终都会以PV[①]、UV[②]来衡量，并且这些指标每个月都在上升，如果完不成，绩效考核就会大打折扣，工资奖金也会被扣掉。因此，每个人都顶着压力做事，加班成了家常便饭，常常是一整个月连轴转，没有休息时间。

一次，我和同事下班途中遭遇一场小车祸，被送到医院检查后虽无大碍，却也一个瘸了腿，一个安了脖套，我俩丝毫没怠慢工作，即便被特批在家休息，依旧坚持每天十小时在线工作。高压促使人的潜能无限发挥，一年里，我们把频道做得有声有色，优秀员工奖也被我收入囊中。我算是做到了自己想做的事情，而之所以这么拼，都是因为一份工作热情。那时，我担任的是时尚

---

① PV: 即Page View，页面浏览量或点击量，是评价网站流量最常用的指标之一。

② UV: 即Unique Visit，一般指网站独立访客。

娱乐频道的编辑，和频道里另一位小伙伴协同工作，在不到一年的时间里采访了近百位明星艺人，完成了包括专题策划、演播室访谈、线下落地活动等五十余个项目。那一阵子，我如鱼得水，但好景不长，问题也很快接踵而至。

我开始察觉到新公司的体制和领导层存在着非常致命的问题，可我只是一枚小员工，无法改变这些。在一个团队中，领导者起着至关重要的作用，除了本身具备的人格魅力外，他需要有一种大气的秉性，这决定了他所用的人以及这些人所共同营造出来的规则体制。说到底，一个公司领导的视野和格局必须高于他的员工，这样才能使员工们看到希望和前景，反之，当员工的格局高过公司领导的时候，这个团队一定是掌控不住员工的，员工离开是早晚的事，这像一颗不定时炸弹。我对自己说，若心里还有不甘心，就还不到放弃的时候。

行业内有句话说"天若有情天亦老，人干编辑死得早"，这话一点不假。工作的第四个年头，我开始明显感觉到自己在快速地衰老，身心俱疲。"忙"从来不是一个好字，竖心旁，一个"亡"，可扑心扑肝的忙碌并没有得到公正的对待，反而是更多的猜忌和打压，这样的忙让人无力，甚至是心死。身累，心更累。

在新公司兢兢业业苦干一年多，我没有请过一天假，对于上级布置的各项任务即便加班加点也都尽力完成，我以为好人总会有好报，付出总会被看到，结果发现是自己太天真。我的年假申请居然因为差一天才满一年的工作年限而被无情驳回！由于我已经定好了出国旅行的机票无法变更，最后只能以扣工资的形式强制性地多请了一天事假。这件事情给了我当头一棒，仿佛打醒了我，所谓人情社会最无情，个人永远没办法改变这个社会，能改变的只有自己，而人只有到达一定的高度才能有资格谈自我。还真应了那句话："在这么一个不靠谱的体制内，面对这么一群不靠谱的人，还要这么努力地保持靠谱才是最大的不靠谱。"在民营、私营企业里"要休假？你就走吧！"老板心底里并没有给员工休假的权利，员工怎么敢自主休假？而在机关、国有企业里，免不了听到一回"现在工作那么忙，你走了怎么办？"的回应。

但其实一个成熟的经济体里难道少了谁世界就不转了吗？我觉得，还是观念问题。在那些年里，还有很大一部分公司创造价值的方式是依靠独裁和剥削，而非产品、技术和行之有效的管理。我想对这些公司企业的高层说："当你拥有一个团队去创造一些东西的时候，请给这个团队一些希望；当你的团队的产品开始成熟，请为他们争取更多的权益和利益，因为你没有他们只是一个个体，有些事情是靠特有的团队和特有的人的连接和组合才能做到的。请善待你的团队，因为目标和做事理念的一致会使你的公司发展迅猛，这时你该争取的不是自己的利益，而是你手下愿意跟你一起奋斗的每个人的权益。要平衡又要发展，这不是责任，而是当你为每个人争取到这些时，你的团队成员才会回报你更好的东西。"这不是集权管理，这是共荣思维。虽然我们的社会大都还是集权官僚式的思维，但我仍然希望有一天能够生活在共荣思维体制的公司里。

当周围的人都在千方百计表现自己、讨好上司、挤兑同事，想着怎么能留下来、怎么能爬上去的时候，我却开始动起"歪脑筋"，一心想着怎么能"逃出去"。我看到不同部门的员工为了眼前的利益针锋相对、头破血流，看到有能力有激情的人无法施展抱负，但庸人却上位；有人一天忙到手抽筋，结果月度考核还完不成；有人上班嗑瓜子，一嗑就是半天，还可以很潇洒地说"上面就是这么规定的"……我不懂，为什么不能对那些愚昧的规则说"不"，不能对你的上司说"不"，我甚至会觉得我面对的简直都是些"精神病人"，公司就是一个巨大的"疯人院"，但又有多少人有勇气去破除自己内心的那层早已被磨得厚厚的茧子呢？

不得不悲哀地承认，在某些制度的束缚下，我们无法也无力去改变什么，只能像其他那些"精神病人"一样，慢慢地习惯既定的规则，习惯被压制，习惯被束缚，直到变得自觉自愿，永远也离不开这些束缚我们的制度。而我一直都在努力、不曾放弃的就是——"飞跃疯人院①"。我认为一个人必须尽量脱离"体制"，我指的是周遭世界中仅仅因为习以为常便被视为理所当然的那些东西，即便他不得不有所舍弃。那时的我坚信，人没有什么是不能失去的，除了内心和自由。要飞跃的，其实是自己的心。

我可以选择挑战，也可以选择逃避，但不能选择顺其自然。如果我不能说"不"，那么我说的每一个"好的"都没有意义。生活中已经有太多挫折，工作中不应该再有那么多妥协。我要停止这样的拉锯以及自我修复的无限循环，不让自己有机会后悔。我终于再次递交了辞呈。

---

① 《飞跃疯人院》影片讲述了迈克·墨菲为了逃避监狱里的强制劳动，装作精神异常，被送进了精神病院，他的到来，给死气沉沉的精神病院带来了剧烈的冲击。此处特指冲破当下的困局，摆脱体制的束缚。

曾经有人告诉过我，梦想是会随着年龄逐渐折损的。在能够拥有的时候，你一定要拥抱100%的梦想，因为等入了社会，心里的梦想就会一点点打折扣。到今天，我的梦想可能只剩下30%，但看看旁边同龄人的梦想却只有0%了，因为最初的时候他的梦想就没有达到100%啊。梦想会在所有世故里磨损，你慢慢会觉得你的梦想是你受伤的原因，于是就不敢有梦了。我熬到现在，至少还有20%—30%的梦想会时不时出来折磨我一下，幸好当初的我有100%的梦。

所以，什么才是一个人真正的成功？要看他是主动、还是被迫做出人生的选择；要看他是在迎合社会评价，还是在做自己天性最喜爱、最适合的事情。每个人都在经历这样的苦苦挣扎，我用了四年的时间才摆脱"打工"这个沉重的标签，试图做回独立的自我。我想做一些自己热爱的，真正有挑战性的，白手起家的，不信任何人的关系、只信自己的天分和努力的事。

我知道，我已经准备好了，是时候该去做了。

第二章

创业初体验

我的创业小伙伴

二〇一二年，我开启了自己的"第二人生"。

打工的那几年里，几乎没有休过长假，我终于给自己来了一场长途旅行。已经忘了世界在眼前展开的感觉，虽然夜空中飘着雨，但在路上的我只想和电影《壁花少年》里的女主角艾玛·沃森一样探出车顶篷，迎风敞开双臂大呼"We are infinite！"

旅行归来，去探望在杭州做摄影的大学同学万师傅。朋友圈众所周知，万师傅心里的第一热爱是音乐，曾经的校园风云歌手，组过乐队，上过选秀节目，当明白了音乐终究难成事业之后，黯然接受了家人的安排，去了一家国企当个小职员，朝九晚五。没撑几个月，他就瞒着家人辞职了，兜里揣着仅有的两千块钱积蓄，靠接散活勉强度日。没想到的是，大学期间作为兴趣玩过的摄影，居然在最艰难的日子里帮他熬了过来。当他发现唱歌、玩音乐根本无法养活自己，手头似乎也并没有一两项可以拿得出手的技能时，耳边会弱弱地出现一个救命般的声音："当摄影师吧。"万师傅就这样在山穷水尽的情况之下入了行。

很快，他应聘到了一家正处于创业初期的网络女装销售公司做图片摄影师，但当时万师傅对单反相机的了解程度仅限于用P档①拍摄。狗急了还能跳墙，日子总得过下去，他临阵磨枪买了一堆摄影相关的书籍，边学边拍，倒是很快就能上手了，谁料公司突然被撤资，宣布倒闭。之后，几次投简历都石沉大海，他被迫开始了一个人的创业之路。租了个六十平方米的小房子，搭了一间临时的简易摄影棚，自己接活，做起了一个人的摄影工作室。万师傅苦笑说，人家二十多岁就资产百万，而他只有五百万……像素。

秉持着"用摄影来养音乐"的原则，一方面租房干摄影养活自己，另一方面用空闲的时间继续学习音乐，经营着自己的乐队梦，这是他践行梦想的方式。也许，人生最重要的东西，其实没

---

① P档: 数码相机的程序优先模式。程序自动决定合适的光圈快门，一种介于全自动与手动之间的模式。

有什么用，因为人生不是拿来用的。梦想也不是信仰，而是你即使不成功也能很快乐的因素，我坚信这才是人生的宝藏，才经得起反复追求。而一直为了心中所想努力付出的人，才是永远的少年。

又一日，我陪万师傅去城北查看拍摄场地。在经过一座高架桥时，他突然想到什么似的说："这高架下面好像有一个杭州的老造纸厂，之前有听人说那造纸厂后面有个创意园……"

"那我们去看看啊！"还没等他说完，我便主动附和。

那地方连车都开不进去，我俩下了车，在三十五度的高温下穿越尘土飞扬的石子小路，终于找到了他口中的创意园。这是一个老造纸厂厂房改建的创意工厂，虽然目前交通不便，但园区的管理办表示很快就会把门口的路面铺好，一切都会完善起来。房租倒是很便宜，只是必须得一百五十个平方起租，并且只允许公司入驻，不接受个体户。那时候，万师傅正打算着找地方做摄影棚，认识多年的老同学终于向我发出了邀请："你辞职旅行回来之后有什么打算？还回去上班吗？"

"当然不了。"我毫不犹豫。

"要不，你就过来和我一起干事业吧？我俩一起创业开个摄影工作室！"

不得不承认，那时候我已从单位离职大半年，正处于前途未卜的焦灼状态，他的提议对于我这样一个没稳定工作、没房、没车、没钱、没社保还态度强硬的大龄单身女来说，无疑是个不错的提议。

"好啊！"破釜沉舟的我一口答应了。我对创业有过诸多美好的想象，而当这件事真正摆在眼前的时候，却有点儿措手不及。

"可我们只有两个人，起码也得凑足三个臭皮匠吧。"我心里忐忑不安，实在没底。

"那我们再找一个入伙吧！"万师傅把这个艰巨的任务交给了我，"之前同学给我推荐过一个校友，也在杭州做独立摄影师，你去人肉搜索下，把他给挖过来。"我就是这样在万师傅的怂恿下，在这个无所不能的互联网时代，用一种前卫的寻人方式——"人肉搜索"找到了林老师。

林老师是浙江丽水人，在杭州读的大学。他考进我们学校的那一年，我光荣地从母校毕业了，所以在学校里我压根儿没见过他。之所以称呼他为"老师"，是因为在做摄影之前，他的职业是一名美术老师。高考的时候他一心想报考中国美院，专业课倒是顺利通过了，文化课却没过，复读了一年依旧没如愿。两次失败让他和自己较起了劲儿，在大学期间他不务正业跑去画室当起了兼职老师，教高考美术生画画。画室的生活平淡到无趣，毕业后又干了一段时间，他觉得自己简直活得像个老年人，常常一整天也没什么事，安排一个任务让学生们自顾自地画，而他就在旁边坐着看。那阵子很流行Lomo[①]相机，偶然的机会他买了一个玩了起来，并没有专业学过摄影，全凭感觉，越玩越入迷。后来他开始鼓捣各种胶片相机，起初只是给周围的朋友们拍照，渐渐地有人付钱找他拍写真，竟然也能养活自己了。林老师说他拿起相机的时候就像打了鸡血一样，心里忍不住想："天呐，我喜欢的一件事，它竟然是我的工作！竟然可以赚钱！这也太棒了吧！"

当得知我想邀请他一起做摄影工作室的时候，他显然兴趣十

---

① Lomo：苏联生产的大众普及型带程序自动曝光功能的低端迷你相机，后来一个奥地利的学生把它带回维也纳之后，竟然成为地下艺术圈、文化圈的新宠儿。如今，Lomo演变成一种不可知的胶片拍摄风格，例如漏光、过曝、暗角等特点。

足。林老师正式加入团队,三个人一拍即合,创业三人帮就此组建。

　　有人说,在一个小团队当中,三个人的结构是相对完美的。因为两个人容易崩盘,一旦发生矛盾没有人来协调;四个人难管理、难表决,除非大哥像唐僧一样,每天念个紧箍咒。所以,横向看世界,回头看历史,三人帮都是最靠谱的,创业的标准配置通常是这样的。在性格上,万师傅负责软弱,林老师负责固执,我负责理性分析;在外人面前,你打洪拳,我耍咏春,一个唱黑脸,一个唱白脸,第三个人可以充当和事佬;三个人里面有两个比较激进,容易跑得快,另外一个人保守,在后面拽着,这样的团队不容易跑偏也不容易跑散。在心态上,林老师年轻气盛有野心,万师傅忍辱负重很淡定,我这个"想太多小姐"爱较劲,相互制衡,相互推进,有人敢做,有人敢想,有人敢当,各司其职,这样的团队才显得全面。此外,两男一女的阴阳配置,至关重要,所谓"男女搭配,干活不累",同一性别的团队显然无法满足创业需求,而团队中如果女人太多,问题就又会接踵而至。综合看来,两男一女是标配中的绝配!在功效上,男人出体力,女人出脑力,男人出仗义,女人出"馊主意";遇到问题,男人彰显他的气度和主见,女人发挥其悉心和周到;面对男客户,女人笑面相迎,面对女客户，男人风度翩翩，就不信这世界上还有我们这组搭配搞不定的人种！

我们彼此都明白，要在中国当时的社会环境下创业并不容易，我们三个又都是普通家庭的平凡小孩，一切都得白手起家靠自己。创业给我最大的改变就是学会了接受：接受自己身上的每个部分；接受我们终究没能活成父母期待的样子，但他们依然爱着我们；接受只有放下姿态做事情，才能不再让机会擦身而过。就算还没起色，也坚持试着做，苦一点、穷一点、慢一点也愿意。我忽然觉得自己无所不能，无人管辖也自制力大增，身体状况也还不错。开摄影工作室可以算是一次"水到渠成"的机会，"三人帮"的分工也几乎是顺理成章的。万师傅和林老师都是摄影师，当然，在公司事务的分工上会有所侧重：万师傅作为整个工作室的第一主理人，前期的公司注册、设备采购、财务管理等都由他统筹，我们笑话他是史上最苦的总经理；林老师的职责重点则是在拍摄业务的规划上，同时他也协助万师傅督促场地装修的进程；至于我的部分，风格定位、客服推广、宣传策划等等都被我包揽了。简单来说，他俩是摄影师，我是客服接单员。

综观当时整个摄影行业的现状，做得较为成功的案例主要有两类：

一类是以传统影楼为代表的大型婚纱写真摄影机构。影楼主要服务的对象是对于拍照并没有太高审美欣赏力和判断力的普通大众客户，这个客户群体最看重经济实惠，影楼经常性地促销优惠、团购戏码总能引人上钩。这些机构的操作模式基本都是固定场景模式下的流水线套用，优点是方便省事，不需要动用客户的自主想象力，只要从已有的效果里选择若干种自己喜欢的款式就行，从服装、造型到场地、道具，客户无须再消耗任何额外精力，当然缺点就是所有客户拍出来的照片都是一个样子，除了脸不同。

另一类是以个人独立摄影师为代表的私人定制约片。这一类摄影师大多是独立操作，一个人包揽所有工作项目，独来独往，没有固定拍摄场地，不提服装道具，甚至没有造型师，客户大多是冲着摄影师的个人风格或人气而去。优点是客户和摄影师交流甚密，碰到表现力强、气质佳的客户，在天时地利人和的状态下，极容易出好片，缺陷则由于是独立作业，也没有固定工作地点，用户的服务体验感会较差。

此外，地区客户的差异也日益明显。北上广这样的一线城市，客户的审美能力和对拍摄的需求普遍偏高，像杭州这样的二三线城市①，虽然经济发达，消费力不弱，但对于花钱拍照还仅限于仿效明星和网红跟风阶段。在分析了行业现状后，我们三人一致认为不想再走已有的老模式，权衡传统影楼和当下独立摄影师模式的利弊，走出既具个性风格又具专业配置的路子是我们的目标。于是，我提出了"轻摄影"的概念，这个概念的灵感源自二〇一〇年开始火起来的"轻博客"，以及在国外蔓延的一种"轻食主义"，这些都非常符合我们追求的自然、清新、极简的生活理念。在场地的设计布局上，也跟传统的照相馆迥然不同：层高近十米的Loft大厂房，做了七米左右的吊顶将空间压低，再分隔成两层。一楼是拍摄区，二楼是办公区，此外，万师傅特地在办公区下面又隔了一间三十平方米的密闭小房间，作为他梦想中的乐队排练房，四周均砌上了隔音墙，装修设计和格局就注定这是一个好玩的地方。希望我们的工作室会是一种全新的创业模式：一个以摄影和音乐相结合的创意空间，一群怀着大爱做小事的正能量好伙伴。用工作养兴趣，专注于摄影又热爱音乐，我们要创

---

① 在2016年之前，杭州属于二线发达城市。

造全国首个有趣好玩的轻摄影机构!

　　也许很多人会觉得我们做的事情太理想化,现实是很残酷的,这些新鲜的想法根本看不到未来。但看不到未来,也就意味着未来有无限可能,不是吗?无论如何,这个"创业三人帮"让我有些莫名的小兴奋,虽然依旧是未知的一团,却也是温暖的一团。那一刻,我们真的相信年少时的友谊不会变质。很多人可能一辈子都没去实现自己的创业理想,不是他们不想做,而是因为没能遇到志同道合的人。一个团队的努力是乘法效应,一个人再酷,不如一群人走得远。当大部分同龄人都开始顺应社会的传统价值观忙着买房、买车、结婚、生儿育女的时候,我们却依旧固执地走在通往"理想生活"的路上。

我有我的南墙要撞

是不是很多人都会有这样的经历：找一样东西找不到，放弃的时候却突然出现了；下雨没带伞，穿上雨披雨就停了；不惦记着卡里还有多少钱的时候反而发现那个数字比较大……难道这就是人生？我不确定，可以确定的是，现实绝对会"道高一尺，魔高一丈"。

谁不是在跌跌撞撞中练就了一身本事？早些年，独立创业的年轻人还不多，听闻市里颁布过关于大学生创业补助的政策，周围的朋友们都提议我们不妨去申请试试，毕竟我们仨都出身于普通工薪阶层家庭，眼下工作室一年的房租水电也得十万出头，还得起码养活三个人，说压力小是不可能的，谁能真拿钱开玩笑。

"能补一点是一点。"我和林老师都表示赞成，找来了相关文件研究，发现我们的情况完全符合补助要求：毕业五年内、指定范围内创办公司，并且属于目录中包含的发展项目。一切看起来万事俱备，不料却在申报途中夭折了，区里给的说法是："上头是有这项补助政策，但具体流程我们下面没操作过，也没有实施的案例，所以不予处理。"我们当即傻了眼。在动之以情、晓之以理的几番沟通之后，区里终于松了口，答应帮我们试一试。另一边，工作室所在园区听说我们去申请大学生创业优惠补助，急了，第二天就拿了份协议来找我们签字。协议的大致意思是：大学生创业补助金属于政府的行为，跟园区毫无瓜葛，园区不会就此承担任何费用。过河拆桥的见多了，没见过这么快就来撇清关系的，这些人也太现实了！

终于等到正式递交申请后等待拨款的日子了。跑了近一周，终于把所有材料全部备齐，最后一步就是去所在街道盖章，而这一步，是最关键的，也是最艰难的。曾听到过这样的前车之鉴，街道一定不会轻易盖上这个章，并会无情地对你说："政府补贴的这个钱，我们街道没有这个行政预算，所以没办法给你做。"因为大创补贴的钱是政府出一部分，街道出一部分，街道通常都不愿意出这个钱，哪怕他们同意了，也很可能会让你写一个保证书，真正拿到的那部分钱需要退还或者返点给街道——这简直就是霸王条款！但这就是"社会潜规则"。就算申请成功，创业者实际能拿到手的钱其实也少之又少，但我依旧不肯放弃，决定背水一战。

　　过去我在体制内工作过四年，从基层到省市，各种机关部门跑过无数次，熟知他们的办事风格，如果我走流程进行电话预约，对方一定以领导不在为由搪塞我，并且光是这预约流程估计就得耽误一两个星期。为了防止还没开场就被拒之门外的情况，我假装已经和领导预约好，不请自来直接上门拜访。

　　"赵科长在吗？"我一边推门一边问，进门看到办公室里两个男人在谈话，其中一个见我进来便起身要走的样子，我径直踱到办公桌前自报家门，开门见山说起了我的来由。还没等我说完，科长就一脸不耐烦地堵住了我的话："这个事情不归我管，经济上的事情是方科长在管，你得去找他。"

　　我立刻联系了街道联络员"莫大姐"理论，她一听我是为这事来的，立马变了脸："你们怎么就揪着这事不放了，年前我不就和你们说了吗，我们街道不办大学生创业补助这事儿的，你们要办就迁去其他区，我们区从来都不办！"

　　"抱歉，事情总有第一次，我们所有材料都齐了，区里也答应了，就等街道盖这个章，就通融通融吧！我们创业真的很不容易，补贴其实也没多少钱，但是能申请一点是一点，你说是吧？"
我完全是央求的口吻。"要不这样吧，我们只拿区里的补贴金，
街道的这部分钱我们不拿，回头退给你们，这样行吗？"都说退
一步海阔天空，我都退到了底线。

"你和我说也没用，我没这个权力，不是我说了算的。"

"那要找谁？这个事情谁说了算？你告诉我。"我显然有些
愤怒，语气开始强硬，对方一直不肯说话。"你告诉我要找谁？
这事情谁负责？"我继续紧紧追问。

良久，她才不情愿地冒出一句："徐科长。"

"不是赵科长？也不是方科长？"

"嗯，徐科长，双人徐。"

我很诧异，一个小小的街道办怎么有那么多科长，起初告知
我找赵科长，赵科长说找方科长，现在又说其实是归徐科长管……
我完全被弄懵了。我开始考虑是不是该采取Plan B——联系媒体，
我告诉自己要冷静，冲动和心急都办不成事情，只会误事，平静
下来理清楚思路后我决定先给区人事局打个电话。

"你好，我是今天要来提交大创申请资料的某某公司的，我

们现在全部手续和资料都齐了，就差街道的盖章，可是街道不肯盖，我该怎么办？"

"这样啊，那就没办法了，因为街道如果不同意，即便你把申请交上来，最后还是会被打回去的。"

"可是，街道根本没有好好评估过我们的创业项目和公司，他们这是不作为，不想多事，懒得搭理，所以也不想为我们争取，这不公平。"我说完才意识到我居然和现实谈公平，我真是脑子抽风。

"那就没办法了，你们要么放弃申报，要么自己去和街道沟通。"

挂了电话，我意识到唯一可能的路子就是去上级托关系走后门，可是，我们哪来的关系，去哪里走后门？

这一次的教训就是，大学生在做创业这件事之前，要对宏观政策到微观环境都进行深入的了解和评估。如果你想申请创业补助，那么，你所在的城市哪个区对于创业支持的力度较大，哪个区的政策执行更有效快捷，这些是除掉房租价格外直接影响到你选址的关键因素。我开始深刻地感受到，我们生活的这个时代还是挺残酷的，很多时候是"事不关己，高高挂起"，你不知道只是因为还未遇到。每一件事情背后的苦衷只有经历过的人才会懂，

坚持做喜欢的事情
就是拥有这个世界
最好的途径

扫 播 收 听

人像图书馆
#暗房电台里的"创业十年"

而成长就是学习面对人情世故上的妥协和调整，必须去面对不愿意面对的人，磨炼自己的承受力。我们仿佛一夜长大，对创业者来说，情商或许比智商更重要，而情商很多时候除了指你和外界的人际交往，更是对于自我的心理建设。

回忆起创业初期受到的最严重的一次打击，不是身体上的，而是心理上的。那是一次普通的外景拍摄任务。依据惯例，我们提前三天开始筹备方案，拍摄当天全组人员集体出动，兢兢业业拍摄了一整天，最后收到的却是客户不满的回应："你们也太不专业了，搞得和大学生创业一样！"这句话对我的打击极大，像是猝不及防地挨到了一记凌厉的耳光，虽然我们的确申报过大学生创业补助，但至少我也是有过三四年工作经验的人，我们也自认为是在做一项专业领域内的事业，这比直接对我们说"你们的照片拍得太烂"更让人内心沮丧。大家都显得有些气馁，但我们知道绝对不能抱怨，冷静地分析为什么同样的环境下，同样的客户，别人能拍好、能过关，我们却搞砸了。从那天起，我暗暗发誓，我们就要从大学生创业这个稚嫩的起点做起，一步一步，总有一天，一定会让人刮目相看的！

记得刚开始接拍客户那阵子，我们有过一段很纠结的时光——当你自己真正想拍的内容和客户的需求或者大众的审美偏离的时候，你到底该坚持自己，还是向市场妥协？

非科班出身的我们，没有经过专门的学习和培训，完全靠着热情摸索和尝试，这一点在后期薄弱的修片技术上凸显出来。从爱好者变成专业从业人员，最可怕的便是成为一个活在自己世界里孤芳自赏的"艺术家"。一个人做一件事，总会很自然地认为自己是正确的，即便有客户提出质疑，第一反应也总是试图为自己辩解。为了不陷入自我沉溺的状况，我们决定让市场来做个评判和检验。

一次，林老师接拍的一个客户，从前期准备到拍摄过程以及后期选片都进行得很顺利，但在交付成片的时候，问题出现了。客户对照片的最终效果不满意，打电话跟林老师交涉了近半个小时，我们清楚地知道这次的客户并不是不讲理、爱挑事的人，客户提出了明确的修改意见，说得有礼有节，要求也很合理。林老师一脸郁闷，深知自己的修片技术一直存在问题，之前也有客户反映过，但每次我都会出于维护工作室的角度帮他解围，挡掉客户的不满是我作为客服和售后人员应该做的，但这一次，我没有再帮他挡。即使私底下是再要好的朋友，在工作中也要强迫自己不留情面。关于业务上的问题，团队三人一直有着摩擦和争论，有时甚至会因为风格和细节的处理吵得面红耳赤。但在我们看来，吵架是件好事，所谓合伙即人生，吵架代表你还在认真对待所做的事情和团队成员之间的关系。林老师当时很受挫，他甚至让我们从此不要再叫他"老师"了，他感觉自己被否定了，好像一下子成了一个从天上跌到地底的孩子，一切要从头学起。

当真的要从根本上解决问题，一定不会是舒服的。我们的人生就是在不断地自我否定中重建起来的，面临更多的问题、更大的困境、更残酷的真相，才能更深入地继续怀疑人生。未来社会最重要的技能有三个：如何开始（how to start a project）、如何建立社群（how to build a community）、如何接受失败（how to fail），这三种需要持续终身去学习的技能，学校课本没有教，要靠自己去尝试。其中"如何接受失败"尤其重要，因为我们一辈子都要和失败所带来的不愉快相处，能够越早从这个经验中学到东西，我们就越能从中获得喜乐。

那天之后，林老师将整套片子重新做了一次后期修片，跟着网络上各种教程一个步骤一个步骤地学，效果不好就再打翻重来，他就这样整整熬了好几个通宵，每天都是凌晨三四点才离开工作室。当我把重修好的照片发给客户过目时，他们满意地通过了，并且夸我们服务不错，这份肯定终于让林老师如释重负地松了一口气。可见，一个小事故的发生促使团队成员意识到自己固有观念和做法的错误，的确比纸上谈兵的抱怨指责来得深刻。

对于创业小团队来说，衡量一个节点价值的方式，就是把它扔到市场里看看市场的反应。一个创业者就像一个插件，市场才是你要面对的衡量个人价值的环境，在市场这个最公道的价值评价体系里，只要你的定价合理、技术到位，市场一定会给你一个公道的价格。我认为，这个世界上没有真正的怀才不遇，关键就看你怀的才够不够多。那次事故之后，虽然我们依旧保留着永远只属于每个人自己的、与生俱来的棱角，但团队慢慢融入市场化的节奏，不是同化，而是融合。

人的一生总有很多个感觉"好极了"的时刻，也会经历很多"糟透了"的时刻，等一切过去之后当我们再回忆起这些曾经撞过的"南墙"，这些"糟透了"的时刻早已成为一笔财富，成就了更好的我们。

人得有把自己逼到绝境的勇气

自从做了服务行业，我每天提醒自己：客户虐我千百遍，我待客户如初恋。待人接物态度上的扭转，对我来说算是创业道路上最难的一关。过去我总是无法克服心理的障碍，觉得心里明明就看某个人不顺眼还要装腔作势，那是虚伪和做作；可一旦自己创业了，每天都要开门迎客，来的人可都是你的上帝，无论顺眼还是不顺眼，都必须瞬间调整好自己的情绪，用真诚热情的状态面对，即所谓的"情绪管理"。所以，人是靠逼出来的，谁都逼不死，不逼才会死。

慢慢地，我归纳出了客户的几种规律：上来就讨论价格细则的，大都拍不成；过去对我们的作品和风格从未关注过，仅是从哪儿搜来或者朋友临时介绍的，基本不对路；开口就问拍几套、提不提供服装道具的，通常会返工。对于以上任何一点耿耿于怀的，再三纠结追问的，不仅拍不成，估计还觉得我们很傲慢……

"创业"说到底不过就是"搞定人"这几个字。如果说人与人的相处也算是一种"用户体验"的话，商业摄影的实质则是"如何用相机跟人沟通"。既然任何事物都是有规律的，当你明白这些规律的时候，对于未来控制客户的情绪以及局势，就会得心应手。没有不对的客户，只有不够好的服务。我们开始陆续把客户可能会问的问题以及在拍摄过程中会出现的状况预先设想好，制定出了一套能够保证双方利益的完善的规则。有了规则，就好办事，之后要做的就只是把新出现的问题补充进去，持续完善。

面对工作中的烦恼，最好的良药就是毒舌不止。于是，创业三人帮围坐在一起互相嘲讽、自我贬低、集体吐槽种种"罪状"，几乎成了每次开会的保留项目。有时候幽默和自讽是人生最好的润滑剂，你不能被压力和痛苦击垮，你得自我讽刺，才能瓦解负面情绪。哪有不卧薪尝胆的创业者，卧薪尝胆久了，你自然会心明眼亮，因此忍耐这件事是必需的。

创业不是一个惊喜接着一个惊喜，而是一个惊吓跟着另一个惊吓。创业者必须有一颗足够强大的心脏，必须明白不是所有美好的开始都会有美丽的结局，不是所有忍辱负重都能修成正果。

在工作室正式运行大半年的时候，整体发展方向开始严重偏离预期计划，起因是胶片摄影业务一直不见起色。客户对于胶片大多是似懂非懂，只知其一不知其二，主观上认为它有质感又好看，但客观上又很难真正接受原片直出、不做任何后期处理的人像照片。起初还有零星的客户来约片，逐渐地，胶片业务越来越低迷，甚至到了无人问津的地步。无奈之下，我们只能把拍摄重点全部转到数码摄影领域，毕竟这才是当时的主流趋势。即使数码业务已经上了轨道，客户订单数量有所上涨，但拍摄流程和后期修片都未稳定，公司虽然没亏大钱，存在的隐患却不容小觑。

那个阶段，工作室的个人写真业务以外景拍摄为主。我们会为客人安排一日出行，造型师、司机、助理和摄影师全程陪同，在路途中和客户熟悉，讲笑话、聊爱好，当我们之间建立起朋友般的关系时，客户便可以放松到最自然的状态，也就不必担心拍照会僵硬和做作，从而拍出了上佳的照片。这是独属于我们的用户拍摄体验，随着这种形式做得越来越熟练，问题也逐渐显现出来：在一个客户身上所花费的人力成本和时间成本过高，导致利润低、效率差。我们意识到，必须得把想法做成特色鲜明的产品，只有产品才可以形成固定有序的操作模式，拍照也不例外。另一方面，早期的创业者不要动不动就想着要融很多钱，因为好的商业模式其实是不需要太多钱的，与其只想融资，不如去想如何以最低的成本支持这个团队活下去。过去我们绞尽脑汁，想了各种办法试图找到对口的客户群体，但是效果都不理想，而这一切都在"把想法做成产品"这个点子出现之后绝处逢生般地有了转机。

"既然我们花钱租了这么大的场地做摄影棚，就应该把地方充分地利用起来，何必非要和独立摄影师去抢外景写真的生意。"我提议改变运营策略，其他合伙人也表示赞同。接下去的一个月，两位摄影师针对各自的专长，结合当下的一些摄影发展趋势，自主研发了一套在棚内拍摄人物肖像的套餐产品，对拍摄做减法，开始着眼于记录客人们真实的样子。在生活中，即使我们以为自己已经很坚强了，当悲伤袭来时，我们还是会陷入混乱，照相馆或许能够成为一些人的一个出口，容他们来放松、流泪、微笑……摄影师负责安静倾听，为他们记录属于自己的平凡和软弱。"请相信在这个城市里，平凡的你也能主演一部热气腾腾的温情戏。化繁为简，放在心里的最真。"——这是产品最初定位时我写的宣传文案。我深信，一个好的产品就是用简单美来满足客户的贪嗔痴，那我们就将极简进行到底！什么是生命中的奇迹？不就是把心意变成行动吗！

被拍摄者统一着白色或黑色的基本款衣服，化几乎看不出的自然裸妆，在干净的黑白背景前，展现自然的表情状态。每一个走进我们摄影棚的客人，都只是普通人，并非专业模特，在拍摄的互动中放松自己是成败关键。因为信任，他们卸下防备和伪装，我们得以记录下真实的一刻。这个拍摄系列的效果大大超过了我们的预期，相比较那些在镜头前摆拍的动作或是僵化的表情，这样的照片更具有直达心底的力量。实践证明，唯有真实才最动人，好的产品一定是注重提升顾客的感受的，精神附加值很重要。

拍摄意外收获的好效果，也跟我们做摄影的初衷不谋而合，即挖掘每个人个性的与众不同，而非仿照别人的拍照姿势摆出千篇一律的效果，让每个素人都能在拍摄中找到属于自己的自信和真实。有的人喜欢在拍照的时候抿住嘴唇、微微探出脖子、眼神极其寂寞；有的则经常双手交叉在胸前，那是缺乏安全感的表现；还有人，在被拍的时候，身体总起伏不定,较难安静……人像摄影，说到底拍到的无非就是一个人的外在面具，或者内心真相，那么，到底是面具还是真相，全看摄影师如何引导。

都说产品卖的是品质，可感知的高品质；服务卖的是用心，令人感动的用心。而我们的影像产品就是这两项的综合体，难度也就更大。我始终坚信，当把一件事做到极致的时候，该有的东西都会有，该来的东西也会来，不用强取，一切会自然而然地来，你只需要专注地把自己的事情做好，剩下的交给市场和时间。我们也终于领悟到，大海捞针似的找客户是最愚蠢的方法。创业最关键的是找到一个市场定位，针对用户的细分市场开发产品，产品可以是常规元素的新组合，不要一开始想得特别大，踏踏实实做一个细分的项目往往会带来更多机会。而当你把这个产品做出来了之后，市场自动会帮你剔除掉不适合的客户群，最终优质对口的客户会呈现良性循环。

新产品预订量可喜，我们顺势而为做了产品的升级，提了价，还学习小米手机的营销手法尝试了"饥饿营销"。这就是限量商品的价值——轻易到手的不值钱，拼了命地竞标，从别人手里抢过来的那就一定是宝贝。

　　好景不长，新的问题接踵而至。在中国，一个好的产品是很容易被抄袭的，这是大部分创业团队在商业化竞争中必然会遇到的问题。起初当我们发现自己的产品被抄袭的时候，气得吹胡子瞪眼，不禁感叹："人怎么可以无耻到这地步？"但很快我们就意识到，其实每个阶段都是需要一两个竞争对手的，这样活起来才带劲。最关键的是，你得拥有一个永远无法被复制的脑袋。什么最值钱？思维方式最值钱。这个世界，无论做什么事，总会有人去创造，有人去跟随，而跟随是活不久的，这样的团队基因不好，缺少持久的能力，迟早要崩掉。这个社会太浮躁了，太容易迷失，认真做事情的人其实并不多，那些心术不正的人永远感受不到做好一件喜欢的事所带来的那种纯粹的快乐。一直以来，我们这么努力，不就是为了认识单纯的世界吗？在这个吵得人分不清东南西北的世界里，像我们这样手里持有干干净净初衷的人不多了，所以要握好了，别丢了。

　　当工作室发展到不必再为没有客户而担忧的时候，新的抉择也来了：到底要不要规模化经营？开业以来，我们一直坚持摄影师主导的拍摄模式，即摄影师的个人风格就是自己最好的品牌，因此，这就需要我们的客户具备一定的"修为"。但实际上，大部分客户是盲目的，他们并不清楚自己想要的东西，也不曾对自身进行过准确的设定。如果市场需要什么就做什么，便很容易迷失自我，想要做一个有腔调、风格鲜明的、有感情的摄影公司，就绝对不能被客户牵着鼻子走，我们要走在市场的前头，然后去引导客户跟我们一起走，相信未来一定是这种个体类型化影像的天下。权衡利弊之后，我们也清晰地认识到自己的强项和短板，与其不断地扩大和复制，不如就做一个小而美的工作室。小而美指企业的一种运营方式，业务要专注，服务要有特色，虽然针对的是电子商务，但我发现这个模式对于我们工作室来说简直就是神一般的契合！

小而美的商业模式的核心优势主要有三点：

一是排他性的技术优势或者说产品优势。我们强调摄影师主导制，根据不同摄影师的专长和风格做出影像产品。

二是客户满意度。摒弃千篇一律的固化模式，挖掘每个人物的生活经历和喜好，并将此融入拍摄中，呈现双方都满意的作品。

三是客户口口相传，从而带来新的客户。从第一年的经验中我们发现大部分的客户都是依靠口碑而来的，颇高的客户满意度和复购率给我们带来了一传十、十传百的宣传效果。

我们开始不再只是摸着石头过河，而是寻找规律再办事，办完事再总结规律。

俗话说，一个公司最重要的四大因素是：团队、产品、运营、财务，财务是公司的命脉。一旦成立公司，就会涉及税收和做账的问题，万师傅请了一个会计，每个月付几百块钱帮我们做公账，这是丝毫不能懈怠的。麻雀虽小，五脏俱全，即便一个公司只有一个人，只要是注册成立了公司，就务必要做到账面清晰，一旦被税务机关查出问题，几年创业的辛苦钱都可能付之东流，所以在这一点上，我们始终保持清晰的思路、谨慎的头脑。至于内账，说得俗气点儿也就是我们三个人自己怎么分钱的事情，鉴于公司的开支都是从万师傅账户走账，因此每个月的内账由万师傅负责结算。早在工作室正式开业前，我们已经共同讨论制定了一整套工作绩效考核标准，主要是对一笔生意扣除成本费用之后利润的分摊，诸如：客服提成百分之多少，摄影师提成百分之多少，后期制作百分之多少……当然，这个规则只是暂时的，随着工作中不断出现新问题，我们会定期在会议中商讨绩效考核细节和标准的调整。后来，我们又增加了各项工作的赏罚制度，例如：一个月客户全好评的摄影师额外增加百分之多少的奖金，如遇退单或是差评的情况酌情扣除提成之类的细则，任何规则总是会在实践中不断被完善，形成更全面、更符合当下实情的新制度。所以，团队自成立后，并没有因为钱的问题而出现过内部矛盾。我听过太多创业失败的故事，究其原因都是在"钱"这个字上。再好的兄弟朋友，最后都因为钱分崩离析，一拍而散。我希望我们的团队不要为了钱伤害彼此，不要为了钱毁灭自己，要坚持、真诚、脚踏实地、心存善意，要相信自己的付出值得收获回报。坚持到无能为力，拼搏到感动自己，要有黑洞般的自信！坚持很重要，但同时也要用思考和技巧来维护自己的坚持。

我时常在想：中国的GDP每年都在持续增长，前几年的创业环境也算是蒸蒸日上了，老百姓花出去那么多钱，如果没有一点儿能到我们的兜里，我们是有多无能啊！自从开始创业之后，就变得特别精打细算，什么钱都得从脑子里过一遍，觉得自己越来越抠门。何尝没经历过这样的内心挣扎，总害怕别人会觉得我们变得势利了，为了做生意只认钱了。一方面，我每天冥思苦想如何才能让一个理想主义的团队迅速商业化起来，创造更大的价值；另一方面，我又害怕变成过去自己讨厌的那种唯利是图的人。随着对我们"越来越商业化""越来越不纯粹"的外部评价日渐增多,工作室决定召开一次关于"商业化价值观"的内部辩论会议。

"首先,我不得不承认我们的工作室正在商业化,因为我们需要商业化来供养更好的创意和产品,以及更多的团队新成员。我们不是搞慈善,总得养活自己。"我开门见山地说。

"公司全面规范化、商业化运营也是为了能够保质保量地为更多喜欢我们的客户呈现专业的服务和有品质的产品,我们创业不也是为了赚钱吗?"林老师不吐不快。

"我们如果一味追求商业化,现在最好的办法就是不断招人,然后马上复制产品模式,抓紧时间圈钱,但我们并没有这么做。又譬如低价促销、团购这些手段,虽然短期内对生意不无裨益,但长远来看是损害优质客群的,为了保证现有客户的最优化,我们放弃了很多赚快钱的机会,就是想让产品和服务对得起这份价格。不跑量,但求精,那么提高单个产品的价值又有什么错?所以,我们无须为了个别想要抹黑我们的声音而否定自己。"万师傅这次的拨乱反正十分到位,"一个好的产品,有一个好的价格才是健康的。"

"连韩寒都说了，'过去的自己想用杂文或者争论来改变别人和世界，现在发现改变世界最好的方式是商业和科技！'……总而言之一句话：一定要认真赚钱！别想着不劳而获！做脚踏实地问心无愧的生意人！"我来了个总结性发言，"大家请安心地在专业上发挥，追求最好的创意表现，不必担心遭到恶意的陷害或不公的看待。"创业一定是创造生意，商业的精明理应是必要的。相信在正面效益的激荡下，结果会越来越好。我们就是要证明：好人也可以成功，好人也可以赚大钱！

人们总在逃避失败和失望上花很多时间和精力，因为失败和失望太难熬。创业使我逐渐认识到，失败是一个非常必要的过程。成功就是从一个失败走向另一个失败，但仍然保持热情，成功的秘诀就是找到自己喜欢并且擅长的事业，坚持不懈地努力，像鸭子一样，表面上非常平静，但在水底下应该拼命地划。我觉得自主创业者不仅要能力强，更重要的是心智健全，很多时刻，需要狠得下心往自己胸口猛砍一刀才能跨过一个坎，人得有把自己逼到绝境的勇气。你要保持头脑清醒，要学会不让情感左右你的决定，这是一道很难跨的坎，但这一步十分重要，因为你必须使自己变得客观。创业不是为了逃避规则和体制，

"不用坐班，自己干"那么简单，相反地，除了要和现行的规则和体制和睦相处，更要懂得为人处世，因为再也没有一个"单位"罩着你，替你摆平一切。

招聘那些事

开始是做事，后来是做人，"用人"是所有创业公司的一大难题。

从大学就开始创业的好朋友老张告诉我，最近他在学财务，我质疑他一个学市场营销的公司老板学什么财务，招个会计不就得了。他却皱着眉连连摇头："你以为招人是这么容易招的吗？况且我这活儿，一般的会计可做不了。"

"哟，你以为你是世界五百强还是著名4A公司①啊？"我将信将疑。

"别说，我还就需要那样的人，可是没有渠道啊，而且也出不起人家那个价钱，所以呢，只能自己上。"

---

① 4A公司：4A一词源于美国，为"美国广告协会"，即The American Association of Advertising Agencies的缩写。

　　过去，我们的习惯性思维总是"专业的事情交给专业的人做"，但创业之后这一套法则完全不受用了，因为是从零开始，所以你根本请不到也请不起符合你预期的专业人才。为此，他还买了一大堆的书开始自学。他告诉我，也许半年时间也未必能找到合心意的人才，但如果用这半年时间来自学，起码也算是入了门。至于公司，可以先找个"能用"的会计干着就行。

　　这对我的启发颇大，甚至有了一种紧迫感。身边的一些创业同行让我觉得每天都得朝着目标奔跑，都得进步，虽然有时候累得要死，但一看别人跑远了，就不得不追上去。我开始每个月买各种类型的书籍，学习设计心理学、营销策略、管理学等等，并定期推荐给工作室的其他成员看。我惊喜地发现，自己完全像一块海绵，每天都有源源不断的事物和内容想要吸收和学习，不过，保持学习的状态和饥渴心或许比学的内容更重要吧。

　　有一天午后，我约老张谈心，用了一个小时的时间，唾沫横飞地把工作室当前的症结噼里啪啦地说给他听，言毕，他只心平气和地给了我四个字："赶快招人。"

　　我不解地反问："招人？我们现在连自己都快养不活了，还要招人？"

"三人团队共事久了，很容易形成一种僵化的局面，其实是工作的惯性，因为你们已经习惯了原有的工作模式，出现问题是很正常的，而破解的最好办法就是有新人进来。"

我似懂非懂："此话怎讲？"

"你们需要有新鲜的能量流入，产生新的气场，打破原有的僵局。打个比方，你们团队目前有两个摄影师，但由于你们仨是一起创的业，所以实质上彼此之间是没有竞争关系的，一旦有新的成员进来，就会产生新的格局，甚至是必要的竞争。适当的竞争关系对于一个团队来说是十分必要的，它能激发所有人的潜能，萌发创新意识和斗志。任何一个环境，只要引入竞争机制，就会提升服务质量。"

"你说得有道理！可是我们现在哪儿有钱请新人？况且我们这种创业团队，要招个靠谱的人哪有这么容易？你以为是曹操，说来就来啊！"

"招人是一种运营策略，最终是否能招到合适的人不重要，即便招到了合适的人，他能否留得下来也不重要，重要的是团队活起来了。"

"流水不腐，户枢不蠹？"

"对，就是这个意思！"我终于开窍了，"没有不能用的人，只有不会用人的上司。但是千万记住，不要被感情左右而做出糟糕的决定，那会使团队越来越偏离目标。"

当天晚上，我们当即召开了一次紧急会议，一致通过决议，第二天"招人计划"全面启动。我迅速通过微博、朋友圈、豆瓣等各种网络渠道发布招聘信息，没想到投简历的人还真不少，短短半个月，连续安排了近二十个人的面试，但也遇到了以下两个难题：

我们每个月的收入都是靠当月大家一起挣出来的，挣得多就多发，挣得少就少发，一旦亏钱甚至都有可能发不出工资，因此无法保证每个月都能有稳定的收入，更不用说是较高的起薪了。所幸那段入不敷出的困难阶段已经熬过去了，即便如此，我们想招到一个有相关工作经验、可以直接上手干活的员工还是很难。如果招一个并未涉足过这一行的新人，刚从学校毕业的学生或许并不将薪资要求放在首位，更多的是对我们的团队和所做的事情感兴趣，他的目的是为了学习和实现自我的职业入门，那么我们就得带他从头学起，这个过程花费的时间和精力很大，而且存在较大风险：万一他学成之后拍拍屁股走人怎么办？

综上所述，要么肯花钱，要么肯花精力，这是个两难的抉择。想要成为一名合格的创业者需要具备两种特质：一是即便在专业上自己不是强项，但却很能用人，可以把事情都搞定；另一种是善于带人，可以在极短的时间内，将一个新人菜鸟带成达到一定业务能力和水准要求的合格从业人员。我们痛下决心要跨出这一步，决定要么重金悬赏，要么把新人带出来！于是，作为临时HR的我日理万机，终于安排妥当了一整天的招聘面试日程。

第一位应聘者比预约面试的时间提早半小时到达，是个大四的在校学生，设计专业，虽谈不上专业对口，却也算是相关领域。男孩子长得黑黑瘦瘦，面善且憨厚，活脱脱一个"少年闰土"。他表示大四开始基本都没有课程了，因此有足够的时间可以胜任这份工作。他给我的第一印象完全不起眼，老实又内向。

第二位是个女生，本地人，也是在校大学生，刚上大二，正统的摄影专业。小姑娘挺活络的，对自己的专业也饶有兴趣，但有点儿娇气，心也沉不下来。进门还跟我抱怨了下工作室的位置偏僻，说自己找不到公交车，一路步行进来把脚跟都走痛了。当时，我很想告诉她我每天都是步行进出的，风雨无阻，有时候为了接客户还得走上好几趟。所以，我挺担心她吃不了苦。

第三位过来面试的女生给了我们很大的一个"惊喜"，直接把她的男朋友也给带上门来了。我心想，难不成你男朋友还不放心你，害怕我们是骗财骗色不靠谱的皮包公司不成？女生大学念的是外语专业，现在在一家外贸公司上班，摄影是她的爱好，她一直在微博上关注我们工作室，所以想来找个兼职。

一整天面试下来，我问大家有没有看中的人，万师傅觉得第一个男生不错，我问他为什么，他说："为人踏实、耐得住性子、专业也还不错，我有信心可以把他带好。"

那个男生绰号"磨铁娃"，学习能力强、悟性不错，最难得的是肯吃苦从不抱怨。就这样，万师傅收了第一个"入室弟子"，我们团队终于从三人帮升级为四人组。在之后很长一段时间内，"磨铁娃"成了工作室必不可少的中坚力量，主要负责照片的后期修片。

大半年后，团队又加入了一位新成员，那个人就是老王（后来我发现原来每一个公司都有一个"老王"）。老王是在朋友的推荐下投来的简历，原本并不急着再招人，但因朋友的极力引荐，我决定和他见一面。

从朋友口中了解过一些关于老王的情况：二十九岁，计划结婚中，在旅游公司工作了四年，想辞职出来做点自己喜欢的事情，很喜欢摄影。我们约在市中心的星巴克碰面，只见一个身高约一米八、高大威猛、单眼皮小眼睛的男人站在我面前："你好，我是老王。"我大致介绍了一下工作室的近况，初创小团队前期收入较低，完全是自负盈亏，言外之意就是一个临近三十岁有过多年工作经验并且即将结婚挑起家庭责任的男人是不可能会"屈身"来我们这种"小庙"的。老王耐心听完之后，只说了一句："钱我不在乎的，我喜欢你们的团队，很想加入！"脸上的表情义无反顾，"我已经不小了，并不是头脑发热，也不是一时冲动，而是深思熟虑过才做出的决定。之前的工作也存了些钱，我想在三十岁前再重新开始一次。"后来我才知道，那一天刚好是他二十九岁的生日。"那下周你就先来试试吧。目前摄影师岗位已经饱和了，你就先做摄影助理吧！""没问题！"他的话让我找不到拒绝的理由，为了证明不是一时冲动，我果断答应了让他入职，心想他应该撑不了多久的，到时候不用我回绝他自己就会知难而退了吧。

之后的日子，在我看来简直就是一场"噩梦"。老王每天从萧山开车到杭州城北的创意园上班，当遇到上午有客人拍摄的日子，如果又恰逢早高峰限行，他就凌晨五点从萧山的家里出门，六点半到公司，在车里睡三小时回笼觉，等客人九点半到了再上楼开工。这样的日子持续了快一年，前半年的时间里，因为公司处于创业初期的困难阶段，每个月能够给他的工资只够负担上下班开车的油费。一年后，工作室业务渐入佳境，大家的月收入才逐渐好起来了，他才在公司附近租了房子，不再每天跨一座城池早出晚归。

老王结婚前一晚，大家一起陪他度过了最后一个单身之夜。借着酒劲，他说自己工作那么多年从没这么开心过，那刻我鼻子一酸，问老王："当初到底为什么那么坚决地要加入我们，这一年你是靠什么坚持下来的？"他又猛灌了自己两杯，说起了矫情的胡话："我并不是什么富二代，当年在萧山的单位其实干得很稳定，几乎已经到了旱涝保收的阶段，但我不想人生就这样下去了。当时家里人都表示费解，'一个月轻松稳定工资的工作你不做，非得辞职来和一个连未来都还不确定的创业小团队奋斗，到底是为了什么？'我清楚自己的决定不能让任何人特别是父母为我承担后果，我要对自己的选择负责，我觉得前四年的那些积蓄还够我再追一次梦。这个道理就像为什么会有人乐意放弃八千块的工资来干四千块的活，因为他乐意！虽然每天很累，却从未工作得那么开心。人生很多选择不是因为值得，而是因为甘愿。"

当耳边充斥着"这个社会很现实的""谁不是明哲保身"之类的论断，我却遇到了一个又一个的例外，你是什么样的人，就会遇到什么样的人。那天聊到最后，老王对我说："因为我相信你，我也相信这个团队。如果公司有一天能做大，你们是绝对不会一脚踢开我的。我相信我们做的这些事。"

创业之后，听过最多的一句话就是："好羡慕你们，可以不用再看别人脸色，给别人打工。"每当这时，我都会诚恳地鼓励对方说："如果愿意，你也可以。"而后，就会听到他们诉说各种舍不得和放不下：当下还不错的工作、刚刚见到希望的买房首付、折腾了多次终于趋于安定的生活……其实能走多远的路，取决于愿意牺牲多少，世间从无万全法，我们的生活，抑或我们所有的一切，都是自己选择来的。当一个人相信并愿意选择去做一些自己真正喜欢的事，他就做到了对得起这只有一次的人生。记得刚辞职的时候，我曾给自己留下退路：如果创业失败，大不了再回单位上班，凭自己的力量总不至于找不到一份工作吧。可是一旦出来了才发现，我根本回不去了。安全感从来不是从一份工作中得来的，而是从对自己的信心中来，所谓的职业安全感也早已过时了，一个人自身的价值和谋生能力才是最终给他带来安全感的关键吧。

当我能够在"打工者"和"老板"这两重身份中适时地做着切换，我才能够正视招聘过程中所遇到的不解与失落。老板不能一味要求员工的付出和理解，毕竟这是你的而不是他们的事业，对他们来说无非是寻找一份工作，求得一份报酬，永远不要试图用要求自己的标准去要求别人。遇到老王这样的员工，纯粹是我们的幸运。

铠甲和软肋

　　过去，我的母亲总会担心："你们这些自主创业的都不靠谱，养老金、社保都得自己缴，也没个稳定的收入，一年到头也没见有多少积蓄，多没保障啊，以后老了可怎么办？"对此，我却总是盲目乐观且态度强硬地反驳道："生死有命，富贵在天！留什么积蓄？我就是积蓄！我脑子在，手在！"旋即，她默不作声地走开了。

　　在亲人面前，我们总是缺乏耐心，但在外人面前却又让人觉得很谦和，成年人是不是总会有点分裂？又或者恰恰是在寻求一种平衡，在外拘谨不放松，只有回到家，在亲人面前才展现自己真实的面目，以至于有时候会不太顾及亲人的感受。有人说，长大的一个重要标志，就是把好听的话都说给外人听，而那些伤人的、难听的、沉默不语的表达却都给了最亲近的人。头几年，我一直在做着客服工作，每次客户撒在我头上的气，我总会不由自主地在回家后往母亲身上撒，可我偏偏忘了，那个每晚会烧好热汤等我回家却被我肆意伤害的母亲，才是唯一在乎我情绪的人。别人都只在意我飞得多高、飞得多远，只有她在意我飞得累不累，也只有她希望我停下来歇一歇……我也曾反问自己，凭什么我想要恣意妄为的人生，就要让父母陪着我折腾？他们无非就是想求个安稳。或许，每个创业者背后，都有一个忍辱负重的家庭、一位无怨无悔付出的母亲，而这也是我们人生中最无可取代的财富。

在后来的招聘中，我通常会顺带询问应聘者的家人对其工作的看法，比如：你父母支持你做这份工作吗？你家人能接受我们这样的创业公司的工作状态吗？……为了试探对方的决心，当然也是试图了解家庭状况的突破口。原生家庭是每个人无论走多远都背负着的铠甲和软肋，甚至会对未来的工作起到决定性影响，而我始终相信，一个拥有独立人格、坚定信念的创业者首先要能够说服你的家人，起码他们不会站在你的职业对立面。我深知，不是所有人都有勇气和能力去跟家人抗争，并最终成功地让他们跟自己站在同一战线，而一份得不到家人赞同和支持的工作，是很难长久且保有热情地做下去的。

终其一生，我们和自己的父母都未必是同一类人。如果说，每个孩子来到世上都有自己的使命，那么其中之一就是帮助父母成长为更好的人。他们也是第一次为人父母，经历孩子的成长、就业、择偶，他们会以过来人的身份告诉孩子不该走的弯路、更安全的人生。可人生终究不是复制粘贴，所以我要活出和父母完全不一样的人生，这样才够过瘾！当然，你要以实际行动去证明自己的选择，虽然那未必是一条最好的路，但也不差呀，起码我乐在其中，甚至小有成绩。从当初他们对我辞职创业的极力反对，到逐渐被动接受，到如今父亲引以为傲地和邻居吹嘘："现在都什么年代了，哪有一辈子都靠得住的单位？我女儿他们自己开公司当老板，有一技之长才最靠谱！"，父母的观念也在与时俱进，他们也在学习和改变，这是比创业本身更让我感到有成就感的事情。

在台剧《俗女养成记》里，女主角陈嘉玲不惜引发家庭革命也决心离开家乡，在台北奋斗了近二十年，到头来是一场空。没房没车，在失去工作、和交往多年的男友分手之后，四十岁的她最终决定回到台南乡下的老家。最后一集她跟母亲的一段对话非常打动人：

"你为什么又回来了？"

"我回来你不高兴吗？"

"你开心，我就开心。"

"你会不会失望？"

"你不会，我就不会。"

简单五句话，母女之间过往的所有怨怼一笔勾销。

我们终究没有长成父母期待的样子，但他们依然接受并且爱着我们。生命很长，长到足以重新出发，生命也很短，短到没空勉强自己。

聚散总有时

据说在中国，创业型公司有一个"三年"的怪圈，即百分之七十的创业公司撑不过三年。我们的第三年，波澜起伏、步履维艰。公司在经历了一个小巅峰后，又赶上了残酷的"资本的寒冬"，那时我还天真地以为，只要撑过那一年，就会步入下一个崭新的平稳阶段。三年来，没有任何人员流失，从初创的三人帮，到以每年增加一个成员的缓慢进度向前走着。当年离开体制出来干的时候，我多少抱着点对人和事的绝望态度，总觉得人生无不散的筵席，飞鸟各投林，但那三年我真正体会到了一种"不离不弃"。

幸运的是，我们熬过了三年；不幸的是，我们在第四年，还是散了……

在之后很长一段时间里，我都不愿再去回忆或与人提起那段经历，就好像你曾经相信的东西轰然倒塌了。长期以来一直有一个不可言说的困局：公司在成立初期是由万师傅一人出资，我和林老师对外美其名曰"合伙人"，实则只是技术入股，故而对于财务上的具体问题并不好插手。几年来，公司的现金流一直是个很大的隐患，每个月不能按时稳定地发工资，甚至严重到延迟两三个月才把之前的工资发放下去，久而久之，大家士气受挫，渐生嫌隙。二〇一六年年初，"磨铁娃"提出了离职，我预感到了这是一个不好的开端。"磨铁娃"走后，公司的业务一直处于得过且过的状态，许多在以前我觉得不是问题的问题开始凸显，我跟万师傅谈了几次也都于事无补，对于未来发展理念和步调节奏的想法的不一致，导致了这段合作关系进一步趋于分道扬镳的边缘。

那段时间我正处于首轮创业的倦怠期，扪心自问当初自己为什么要辞职创业，不就是为了摆脱温水煮青蛙的状态吗，不就是想要冲破一板一眼的日常吗，不就是渴望能更彻底地燃烧自己吗，怎么绕了一圈又回到了原点？年过三十的我开始对生活有了野心，我希望自己能够创造更大的价值，拥有更快的成长速度。年龄让我有了紧迫感，让我意识到人生一旦荒废起来就太快了，一晃就是四年，一梦就是十年。好多个夜晚，我辗转反侧，为什么一个自给自足的小团队可以无视一些事情的发生，当我开始察觉到理念的分歧、信任的渐失，惊觉我应该跳出来做那个止损的人，不能再这样继续下去了。可是任何重建都意味着要先摧毁，对于那样一个残忍的决定，我其实并没有做好足够的准备。成年人的世界里，改变现状往往就意味着要切断某些已经习以为常了的人际关系。又一次，我主动地选择结束。

只是，没有想到我个人的隐退最终使得整个团队分崩离析了。世上的事大都如此，原本以为可以大事化小、小事化了，却不料牵一发而动全身，再无回转。因为我的摊牌，林老师和老王也先后决定要退出，虽说是和平分手，却也免不了互相伤害。都说天下大势，分久必合，合久必分，天下无不散的筵席，但真正要把一个创立了快四年的团队彻底推翻，得需要多大的决心啊！所谓的"合伙人"是一种很微妙的关系，很多时候能不能一直一起走下去并不在于能否成功，而是要看双方在一起成长的过程中是否能保持同步。也许你想冲一冲去看看更大的世界但对方不想，或者你想要停一停的时候对方却不愿意，甚至步调节奏的偏差也可能导致无法共事下去，没有谁对谁错，只是终究要懂得"聚散总有时"的道理。好聚好散通常是一厢情愿，撕破脸不欢而散可能才是人生常态，我们用许久时间维系的一段关系，可以在一瞬间说散就散。

如果把创业比作一条取经之路，一同奋斗的伙伴们就是一同上路的取经人。清人张书绅对《西游记》微言大义的评论最为平实隽永："人生斯世，各有正业，是即各有所取之经，各有一条西天之路也。"

在经历了团队解散、公司拆分之后，原先租的场地由万师傅收回，自行运作处理，我重新回归并专注于写作，与其痛思时运不济，不如起而磨砺秃笔，以臻卓越。人与人之间的聚散都有因果，也有一定的时效，聚在一起的时候好好尽力，散的时候也别怨怼，其实是放过自己。那段日子我内心抱着团队因我而散的愧疚，并不好过；我也总是惦记着林老师和老王最初是被我拉进团队的，若是散了，得给他们另谋条出路。林老师一心放不下摄影，公司做不下去了，那只得自己扛起大旗单打独斗了，于是到处找房子，想寻个合适的地方重新做摄影棚；至于老王，当初是破釜沉舟跟家里大闹一场出来干的，说什么也不能灰头土脸地回去上班吧，冷静商量过后，他俩决定再度联手、卷土重来。

先前三年多的创业手头无所盈余，启动资金是个大缺，我思来想去得给他们找个靠谱的金主，拉点投资助他们一臂之力。走投无路之下，我又找到了老张，求生不如求熟，那会儿老张的新公司算是蒸蒸日上，他还顺利在日本东京做起了新业务，眼看产业越做越大，我便大胆提议让他出资给林老师做个摄影部，既可以全面服务他现有公司的拍摄业务，也能开拓人像艺术领域。几次面谈过后，老张让我们准备一份齐备的项目计划书，需包含项目内容、两到三年的财务预算等内容，虽说有过三年多的创业经验，我们居然对这些一窍不通，在老张秘书的指导下，我硬着头皮拖着林老师和老王开始做商业计划书。我这才意识到之前一拍脑袋、仅凭一腔热血就开始的创业行为是多么天真和不切实际。

当我们把几十页密密麻麻的计划书交给老张审阅的时候，我似乎才理顺了真正要去做一家公司的脉络。"前期成本压缩一下的话，其实你们需要的启动资金并不多，如果按照计划书里的步骤一一达成，这件事完全是可行的。那么，如果是有效可行的方案，你们为什么不拿出点魄力来自己做？哪怕是借点钱，或是去银行贷款，也未尝不可。"老张看完之后，一语中的，"而且你们有先天优势，就是之前积累的那些产品和客户，无须从零开始就可东山再起。"我们仨面面相觑，老张继续给招，"你们三个人出资合伙是可行的，若是双数各持一方难以决断，三个人刚刚好，遇事各自表决，公平公正"。

结束之后，林老师和老王很恳切地与我进行了一次深谈，邀请我加入他们的新团队，我想都没想就一口拒绝了。过去的四年如同一道抹不去的伤疤、时刻提醒着我"创业有风险，合伙需谨慎"，从小父亲就教育我做人做事一定要情理分明，不要到最后只能落得一句"没有功劳，也有苦劳"，这句话是人生最大的无奈。但最终动摇我，让我重整旗鼓的恰恰也是老王的一句"我相信你！"不能彼此推心置腹是创不好业的，谢谢有人会在那样的时刻对我说"我信你"。

义气、善良、正直、尊严，这些一再在灰暗时刻拯救我、安慰我的力量，也许在如今商业为王的时代对很多人来讲早已不值一提，我却认定这才是人生的珍宝。人生最难得的不过是一句"我信你"。自己的选择被相信是多么快乐的一件事，因为相信必定是基于共同价值观的，在这个人与人之间极度缺乏信任感的大环境之下，凭着"相信"我们又走到了一起。人心经不起深究和试探，可我依旧愿意相信一定有人能创造一个英雄不老、义气不灭的世界。

或许是因为觉得放弃太可惜，又或许是因为内心还留有不甘，原本是替他人作嫁衣，结果还是没忍住上了那艘船。

第三章

人像图书馆

每个人都是一本值得一读再读的书

我出生于 20 世纪 80 年代，儿时记忆中，每年生日母亲都会带我去照相馆拍一套照片作为留念。那个年代没有数码相机，更不用说手机了，就连私人相机都还未流行，因此，照相馆成了一座城市中必不可少且充满仪式感的地方，每个上照相馆拍照的人，都想将他们认为重要的人生阶段定格，可能是拍全家福、结婚照，又或是生日照、毕业照……印象中摄影师似乎都是年纪较长的老师傅，拿起照相机时一脸神气，指导镜头前的人摆放四肢、调整面部表情，随着"一、二、三"的口令，传来一声清脆的快门声。之后是一段漫长却满怀期待的时间，差不多半个月后，母亲会去照相馆把洗出来的照片带回家。再大一点，我的小伯伯买了一台胶片相机，每当过节，家里的小孩子们聚集在一起，他就会拿出相机给我们拍照。上小学之后，母亲托人买了台理光的傻瓜胶片相机，周末一家人出去玩儿时会装上一个胶卷，留影纪念，女孩子爱美又爱拍照的习性似乎从那时候就初见端倪。

渐渐地，我的照片积攒成了厚厚的影集，从百日照，到一岁、两岁、三岁……童年的大部分记忆都是靠着影集里的照片补全的，它们如同时光的碎片，拼凑起完整的成长轨迹。著名摄影家严明说："一本影集在累积的过程中，我们往往不觉得它有什么能量。偶尔翻看，可能只是当作消遣，嬉笑着说'哈哈，看我当时是那样的……'越来越往后，时间这个东西介入了，你可能觉得事态变了，变得惊心。影集厚了，轻的时光也就变重了。"

随着数码摄影技术的进步、相机的普及，越来越少的人会为了拍照去照相馆了，拍照看似变得越来越容易，但真正被留下来的珍贵回忆却越来越少了。这一代人，目睹了传统报社、杂志社的倒闭，见证了纸质书信和手稿的消失，习惯去看网页截图、电子书这些数码文档，多年以后，我们究竟能留下些什么？我怀念那个专门去照相馆拍照来纪念人生不同阶段的时代，内心的这份情结让我鼓起勇气再次放手去做。

二○一六年七月，重组后的创业三人组分工明确、互不干涉、彼此监督，林老师以技术为核心，主管拍摄；我依然负责宣传推广和内容运营；老王则掌管财务和后勤等其他杂事。我们开始了名为"人像图书馆"的计划。在过去的四年里，我们累计拍摄了四百八十二人，坚持只拍一种类型的照片，量变到质变的积累促成了一座人像图书馆。我们想找一个集中展示作品和开展新事业的地方，大家一起凑了三十万启动资金，我的第二次创业开始了。

找场地是第一个难关。我们几乎找遍了杭州的各大创意园厂房，不是租金过高、预算超标，就是场地条件不符合。多数情况下，创业者为了寻找合适的场地而等待一年半载都是很正常的。综合考量、再三权衡之下，我们找到了滨江区某一创意园，虽然交通并不便利，但场地和租金都符合预期，就在准备签约的时候，林老师接到了来自发小的一通紧急电话，我们最终和城西的东信和创园结了缘。

园区位于西溪湿地以西，是杭州仅剩不多的完整保留下来的老厂房，有五十多年历史。过往鼎盛的工业人潮已从厂房中褪去，唯有六十栋老房子和一千余棵高大的乔木建构着厂区宏大的空间。近几年，一批又一批的创意人和设计师纷至沓来，这座老厂房开始了它的新生。我们租下的场地就隐没于这座创意园最深处的一条小巷子中，安静、不起眼，不特意去寻甚至很难发现它，但对于我们来说这一切刚刚好。

七月，三个人凑钱租下了一百八十平方米的场地，人像图书馆的实体店终于落了脚。我还清楚地记得，房子签约那天刚好是林老师的生日，"真的是有生以来最难忘的一个生日！"林老师激动不已，从那以后每年他的生日就成了人像图书馆的成立纪念日，我和老王一致同意聘请林老师担任"馆长"。紧接着就是"非人"的装修期，虽然我们对于空间有过诸多设想和要求，但因资金的限制，大部分想象都没办法实现，所以我们只能专注于如何用最少的钱把工作室装修得尽量好看且实用。

没有预算去请设计师，通通得自己来。和装修队一次次沟通设计方案，再根据报价逐条对照删改，装修队给出的方案里许多部分造价贵、呈现效果不佳，所以我们只能样样亲力亲为：哪些东西淘宝购买会更便宜，哪些东西款式更高级且价格实惠……脑子里每天斟酌的都是装修的细节，林老师从一个摄影师变身成了包工头。九月，装修方案终于尘埃落定，工作室进入装修期，每天轮流到工地监工的日子随之到来，虽然辛苦，但看到每天都有一点变化的工作室，我很开心。十月初，适逢杭州召开G20峰会，所有公司放假停工，装修进程不得不暂时停滞。大会结束后，杭州持续了近一个月连绵不绝的阴雨天，刷好的墙面和地面无法自然晾干，眼看着工期一天天拖延，却又束手无策。十月底，基础装修终于完成，但由于资金限制、时间紧迫，整体完成度并不理想，迫于租金压力，我们只得一边试运营一边再慢慢布置和修改。林老师自我安慰道："虽然还是家徒四壁，但也并不是从头开始。"

人像图书馆的整体空间是一个长条形厂房，在保留原有的人字木头横梁屋顶的基础上，我们将其划分为四部分：跟大门直接相连的是展厅，在做上一家工作室的时候我留有一个小心愿，希望能够有一个可以对外开放的公共空间，除了来拍照的客人之外，有更多人能够走进这里；与展厅相邻的一侧是办公区；另一侧是一大一小两个摄影棚，一号大影棚是开放式的，以巨幕暖帘作为与过道的分割，小影棚则相对私密；沿着走廊径直到底，穿过小影棚还可以看到一间暗房。曾几何时，在数码相机普及之前，暗房是从胶片到相片的最重要环节，而拥有一间自己的暗房又是多少摄影师的梦！如果说照片是时间和空间的载体，那么暗房就像一个让人忘却时间的盒子，在暗房里，人一旦一头扎进去就是一整天，不知外面是白天或黑夜，时间好似静止了。在设计之初，我和林老师都坚持要在工作室里造一个暗房。由于暗房的门窗通常都是关闭的，空气自然流动差，再加上冲洗底片的药液又有强腐蚀性和毒性，药物的挥发容易积聚，定影后的污水多为有害废水，对环境也有污染，因此暗房内必须采用良好的通风换气设施，并且要有上下水和排污设施。出于安全性和环保的考虑，这一部分我们特地请了一位本地资深的暗房师傅帮忙设计和改造。

开店好玩儿的地方就在于店铺每天都在变化。一个以拍摄人物肖像和艺术写真见长的摄影集合空间，兼具影棚、展厅和暗房的功能，同时也可以是艺术商店、美术馆、电台，不定期还可以策划不同的主题展览，在这里，照片不再仅仅停留在屏幕上，而成为触手可及的真实存在。我想，也许梦想真的不是用来实现的，而是一种支撑你坚持做下去的精神力量。经由创业历程中的转折，主动或被动地做出改变，我们终于真正把人像图书馆做成了一个实体店铺，让它和更多人见面了，虽然还有诸多不完美，却已是现阶段我们的能力所及。接下去，希望有更多的人走进来，来看看这里的人海人山，慢慢阅读，因为每个人都是一本值得一读再读的书，我们也期待将更多的人像照片收入馆内。

新场地一切准备就绪，开张前一天的一次大扫除，老王说他这个老司机即将迎来九万公里的行驶纪录，林老师和新婚不久的妻子小宝开始为搬家的琐碎争执，由摄影师转行开了酒吧的好朋友小马路来帮忙打扫……生活很奇妙，前不久还在感叹来不及说再见的那些人，这会儿都已经焦头烂额地准备开始全新的生活了，送走老的迎接新的，周而复始、折腾不息。

"从离开上一家工作室，到明天早上开车来人像图书馆接待这里的第一位客人，我开了整整一万公里的路。"老王在朋友圈里写下，"这一万公里是星辰大海的起点，这一万公里我们经历了茫然、无措、难过、惊喜、失望、希望等等，得到了太多人的帮助，也背负了太多难以言喻的苦涩，每个人都累得病倒过，但依然干劲十足。晚上在工作室做完大扫除，我看着渐渐成形的人像图书馆，关上门，静静等待明天第一个客人，也等待着今后的挑战。我老婆问我'看着它你有成就感吗？'我说'现在没有，只要有钱'谁都能开一个工作室，而我们的成就感在星辰大海的远方。作为一场新的战役，一切才刚刚开始。男人在三十岁的时候，该打一场漂漂亮亮的仗。而这里，只是我们的起点。"

一场美与真实之间的拉锯战

回归极简主义摄影，是一场美与真实之间的拉锯战。

先来聊聊我对极简主义的拙见。我认为，极简主义一直都不只是一种设计风格，它是一种生活方式。在二〇〇〇年度《红点奖设计年鉴》中，作为评审的迪特尔·齐默教授的一句话对我影响至深，他说："极简是一种精神，它并不容易实现！"意思是说，我们要将自己的头脑变得尽可能简单，才能够看清楚眼前什么是没有意义的诱惑。放弃这些诱惑，从而将有限的时间与精神专注于真正有意义的事情，并将其做到极致。中国古代就有老子谈"无为"与"自然"，不强迫、不刻意、不表演，简约与谦逊是生活的主要价值，以老子"有之以为利，无之以为用"的观点影响着人们对事物的理解；再往后，极简主义受宋朝的审美观影响颇深，跟之前的唐朝有极大的不同，唐以唐三彩闻名，而绘画也是无彩不欢，但宋朝却发展了水墨的各种技法，喜单色调，连瓷器不管是定窑、汝窑也全都是单色调。古书中记载，古人制墨是将烧松木的烟搜集起来制成的，因此松烟墨是顶级的，即烟囱最上层的烟渣，因为那里搜集到的粒子最细，才能飘到最高的地方。而墨不全然都是黑色的，因光造成色温在视网膜会产生变化，故而有墨分五彩的讲法。宋人深谙这一点，将墨使用到了极致，使书法与水墨绘画水平达到最高峰。可见，墨的美学是一种深度的沉淀，也是内敛的审美观。美是需要沉淀的，要定得下来，静得下来，和作品对话，才能欣赏到作品中想传达的那份情感、哲理或是浪漫。

近些年来，在中国更为流行的是日本和北欧的极简主义。日本的极简主义从禅宗出发，讲求的是回归到以人为本的主题上，去除外界的欲望与繁复的物质，把人生的重点聚焦在"我"这个人身上。所以，日本的极简主义倾向于打造一个"无"的空间，只留下最真我的部分。而留白哲学更是北欧设计里最迷人之处。设计师们减去了大量的设计符码，以最单纯的材质去体现物件的纯粹与独特。东方的留白强调的是孤独之美，但北欧的留白则彰显出本质之美。这增加了空间在使用上的弹性，跳脱了原来物件与物件之间的格局框架，让人在空间里舒适而放松。留白的空间里，大幅增加了光线投射的可能性，重新定义人与自然的关系。

我很崇尚的"苹果"品牌亦是当代世界极简主义的一个代表。据说，乔布斯在年轻的时候也喜彩色，苹果一开始的Logo就是五彩斑斓的，但后来，他把Logo的颜色改成白色，产品也以单色调为主。虽然以艳彩炫耀是人性，但懂得欣赏单色调，特别是白与黑这两种低调色调的人是经过沉淀的。

早在经营上一家工作室之时，我们已着力于极简人像的探索与拍摄。当时，林老师就熟练地掌握了一套仅在室内影棚里就能完成的拍摄体系，我们将这个系列的照片命名为"Sure·素照"，顾名思义就是朴素的人像照，用纯粹、干净的镜头语言做记录，一黑一白两套背景，非黑即白，我们对美的态度就像按快门一样简单明了。如果说单色系是一种放空，回归最初的本真和单纯，那么极简人像则是一种回归，对拍摄做简化，专注于面部和半身，抓住最重要的核心精髓（精神部分）。摒弃华丽的修饰和布景，就连服装也设定为彻底的纯黑和纯白。在拍摄中不摆动作，以小见大，发现局部细节的美好；在后期上不过度修片，尽可能地保留皮肤细节和适度瑕疵，减少修饰，以求真实和个性。

大家都在比速度、拼实效，还有多少人愿意去等待？我们敬畏影像，它却越来越廉价，数码和修图技术虽强大，却无法抹去岁月，也无法构架未来。开馆一年后，我们终于决定重新做回胶片摄影的业务。创业最初想做的事曾因时机未成熟、受众未养成和技能未抵达而被暂时搁浅，但并不代表就此打住，发现一条路走不通的时候，先换一条路走一走，目标却是能有一天回到原先想走的那条老路上来。这些年一边踟蹰探寻，一边精进专业，过程中我们添置了更好的设备，造了自己的暗房，也尝试将从数码人像拍摄中总结的经验运用于胶片摄影领域。

二〇一七年年底，工作室终于决定把"Film·中画幅①胶片肖像"系列正式面向普通客人开放拍摄，回归到照片原本的载体，用最原始的暗房冲洗技术诠释人像图书馆真正想做的事情。时至今日，各大相机公司纷纷将胶片相机停产，胶片摄影的受关注程度却没有衰退，因为不论在什么时代，追求摄影品质与摄影乐趣的人永远不会将暗房遗忘。只要胶片相机对色彩的还原和图像清

---

① 中画幅：又称中片幅、120画幅，是指相机的传感器大小为120画幅尺寸。中画幅相机的传感器大小常见的规格有6×45，6×6，6×9等，还有不是那么常见的6×7规格，但是此规格的成像更加细腻有致。

晰度的优势还在，暗房就依然是一些人心中的圣地。像素越来越高，修图技术愈来愈发达，但总让我们觉得反而少了点什么，这或许也是所有执迷于胶片摄影的人内心的声音。用中画幅胶片拍摄人像彻底摆脱了 PS（后期修片），将拍照这件事还原到我儿时上照相馆时的那些记忆，看起来有点儿傻，却是心之所向。这一次，我们也终于等到了更多的同行者。

再后来的"Art·黑白经典肖像"则是一脉相承的递进。黑白肖像在世界摄影领域一直占据非常重要的位置，摒弃了色彩在情绪传达上的功用，显得更为纯粹和庄严，其艺术性也更令人赞叹。纵观历史，无论是时代领袖、艺术家还是演艺名人，他们总会有几张黑白肖像照片深刻留在人们的记忆中，甚至成为永恒的经典。一幅具有技术性、具备精神感召力的黑白肖像作品在极大程度上显示了摄影作为一项艺术的美学精髓。每次当我查阅材料、翻看书籍，都会感叹过去历史长河中的那些人物总会有一张黑白肖像照片让后来的人去认识他们；当代人终其一生留下多少不计其数的影像碎片，可最终又有哪一张可以代表你自己？难道仅仅为了在社交媒体上发布以获得人们当下的艳羡而已？我多么希望人像图书馆能为更多人拍下一张真正值得留存一生的经典啊，而不是回头看自己的照片，你只知道你是那个年代标准的某种追求流行的样本女孩，却看不见那时候自己真正的表情或状态。

但对于黑白肖像，首先困扰我们的问题是：当代人较为介意黑白照片的原因是害怕不吉利——这也是我们一直以来的疑虑。都说摄影是光的艺术，电影《地球之盐》开篇说："摄影这个词的词源，在希腊语里就是'光'加上'书写'，摄影师就是用光线来书写的人。"因为有光，才得以看见阴影。于是，我们着眼于通过布光、塑光等表现手法更生动地增强照片的艺术性，使其为更多人接受，经过一年多的试验和修正，我们终于达到了满意的效果。

黑白肖像是我们开始重新认真思索摄影的起点，因为对于"人如何观看世界"以及"我们为什么拍照""影像如何创造更多可能"等问题依然感兴趣，很多时候，我们在乎"怎样看"胜过"怎样好看"。不只以画面好看与否去评断，更以直觉感受它想表达的是否能刺激思考，眼球的刺激过后是否还能带来余韵，提供更多的思考与想象空间，或许才是Art系列在意的重点。正如苏珊·桑塔格在其著作《论摄影》中所说："在正规的摄影肖像语言中，面对照相机意味着庄重、坦率，意味着揭示被摄者的本质特征。"人像图书馆重拾黑白肖像的拍摄，这是对时代技术潮流的反抗，也是对正统摄影术的尊崇。黑白的表现张力充满了爆发性，只依靠黑与白的对比以及人物情绪来表达画面情感，细节更为丰富，因此也更需要精湛的捕捉技术。一张好照片，应该是未完成的逗号，而不是句号，让人能够继续想象下去。

到二〇一九年年底，我们的累计拍摄人数已超过了三千人次。

一家店的审美风格直接反映了一群人的生活方式，比如现在的我特别钟情于"基本款"。这是一个"以貌取人"的时代，"最美证件照""明星同款写真""形象大片"等一系列刺激眼球、充满诱惑性的审美导向层出不穷，太多人被华丽的场景、艳丽的妆面和服饰所吸引，以为艳彩炫耀是人性，我并不认为这个世界上有完全的"独立思考"，我们总是被无知觉地带入"众人的狂欢"之中。有人说，在中国最好卖的手机软件就是修图软件，于是，生命当中太多质感就这样失去了，粗糙的质感被摩擦掉，一切都很光滑，一切都可以修图。人像图书馆也曾遇到过客人直截了当地对摄影师说："像不像我没关系，够美够瘦就好！我只想活在我的美颜相机中。"

没有一个人是和另一个人相同的，每个人都是独一无二的个体，我们追求的就是在这个表情同一、众生疲惫的时代，找到现代人所遗失的那种性灵的表情。每个人的脸都有它的独特性，而这种独特性绵延在每个人生命的各个阶段，去承载当下的那个自我片段。可以告诉观者我是谁，也可以藏起自己，不愿被发觉……这就是人像图书馆有意思的地方，有的人可能在镜头前不够自然、不够放松，但那就是他当下的一个精神面；有的人会紧张、无所适从，这是他的精神撞击到摄影师之后的自我反馈，也是他自己的一部分；他也可能很美，美得自然不做作，他对世界的安全感让他可以在和摄影师的碰撞中打开自己，毫不掩饰；更有不屑与摄影师交流的，只是为自己记录一张某年某月某日的脸而已；如果遇到没有耐心、防备心很强或是习惯同一姿势面对摄影师的对象，想在短时间内突破对方，或许就是献上一张自己捕捉到的好照片。林老师曾遇过不少这样的人，看了他拍的照片之后，双方之间的"墙"立即消失……在人像图书馆，摄影师只是一个观看者而不是指挥者，少说多做，少做多感受，反馈在画面里的是一种朴实客观的表达。所以，每个人都被看作是一本可以一读再读的书，摄影师不是作者，被拍摄者才是。从读者的角度来说，他会在看书的时候和书本产生诸多思想的碰撞，有相见恨晚的赞同，或不予置评的反对，当然也有另一种可能性，那就是从作者的角度，他毫不在乎是否被认同，那就是他想表达的自我，与旁人又有何干？如此这般，由照片编织而成的书，像一座图书馆一样丰盛美好。

人们对于美的定义大不相同，没有所谓的标准和绝对。当我只是个摄影爱好者的时候，我可以随心所欲地只跟着自己的感觉走就够了，但当它成为一份工作甚至是事业的时候，天平的两端孰轻孰重？安迪·沃霍尔的理念"赚钱的商业是最棒的艺术"造就了他的成功，可是一切就只是如此而已？真实和美之间有一场拉锯战，就如同艺术与商业之间的博弈，而找到其中的平衡点或许才是职业摄影师的一大挑战。找到照片与生俱来的"魂魄"，引起心底深处的共鸣，才是摄影师一生的追求。

时光荏苒，一路上的流光曳影，最终都走向初心不变和极致简单。"就是要传播自己坚持的审美！"人像图书馆希望在浮躁与奢华的年代，摒弃千人一面的正襟危坐，追求抱朴归一的本真，真正探寻自然而有张力的影像。不刻意营造岁月，甚至传达"憔悴美""衰老美""缺憾美"，因为只有真正度过的，才是值得纪念的岁月。

策展面面观

除了摄影本身，人像图书馆也用展览的形式传达个性观点。希望有更多的人能够走到实体空间里来阅读一张照片，无论是深读一个人，还是认识一本书，都不应该仅仅停留在线上。细品一个精心策划的展，就像是接受一场心灵的洗礼，经过一连串绵密的布局后，当我们走出展场，也仿佛得到了些新的体悟。"策展"的独特性正是将资讯系统地整理和呈现，并且从时代性的角度予以新的观点。人像图书馆就是借由一场线下展览开始了新的"征程"。

二〇一六年下半年，人像图书馆在杭州盖了起来，那段时间工作室正紧锣密鼓地筹备装修，我们意外地接到了ADM展会①的参展邀请。主办方在了解了人像图书馆的故事之后，对我们在

---

① 亚洲设计管理论坛暨生活创新展Asia Design Management Forum & Ideal Life Fair的英文简称。

做的事情颇感兴趣，恰巧展会缺少摄影类的提案，一番讨论后，我们一致认为是时候做一场正式公开的影展了，将过去四年最受客人们喜欢的作品集中展示。

"展会"是过去我们一直未曾接触过却一直期待拓展的领域，如何实现从摄影师向策展人的身份转变，如何将摄影理念落地呈现成为我们的当务之急。前伦敦泰特美术馆馆长尼古拉斯·塞罗塔说："策展是20%的天赋与想象力加上80%的行政、协作与管理。"想出一个勾人心弦的主题是令人振奋的，但更需要的是管理与执行能力，两者结合才能让一个展览真正实现。每个展都是将丰富的内容浓缩在有限的空间里，所谓策展人，正是把这些内容以系统性或是有趣的方式，通过空间配置、动线、展览主题的搭配，让观众在很短时间内了解庞大内容。策展人就像一位导演，将庞杂资料消化后拍成故事性十足的影片，更如同魔术师般将千丝万缕的细节化为完整而精彩的内容。策展就是不断地挑战不可能完成的任务。如何用仅剩的五千块预算完成近一百平方米空间规模的展览？大学学习舞台美术的林老师尽其所长，接下了绘制平面图和立体图的工作；我和老王则分头行事，一个负责跟展会方对接一系列参展事宜，另一个跟搭建方落实现场的施工安排。

做展览是项异常辛苦的工作，通常展览的搭建仅在开展前两到三天才被允许进场开工。每个人都在和时间赛跑，尽一切可能去实现预计的方案，但期间往往又会冒出来一系列的突发问题亟待解决。所有人都通宵达旦、过关斩将的过程充满了无与伦比的成就感，有点儿像拍电影造梦的感觉，如果说电影可以用来捕获梦想，那么策展就是把你的梦想实践。

人像图书馆在ADM的首展围绕着"书"的概念展开。这次的展览场地是高挑的室内大厂房空间，为了压缩成本，我们只在入口处立起一面高一米八的直角墙体，我在墙的正面手写了前言，另一面作为巨型照片墙，贴了近两百张人像小照片，当现场人潮攒动，照片会随着往来的空气自然飘动，蔚为壮观。展区延续了一贯以来黑白极简主义的摄影风格，在四通八达的空间里，我们把一切注意力聚焦在人脸上，关注隐藏在人像背后的情绪。进入展区，犹如走进一本巨大的立体书，以油画布作为照片的输出介质，并用鱼线悬挂于定制的铁架之上，一幅人像作品即是书的一页，也仿佛是一个人一生中的一站，观众穿行其中，相遇、告别、再相遇。加上和所在的大展区整体氛围契合、调性统一，因此人流不断，曝光率喜人，各个品牌小伙伴们之间也互相联动，结下了不解之缘。四天半的展期，我们的微信公众号狂扫了近两千粉丝，客服小助理的微信也新加了近一千个好友！人像图书馆就是靠着这一场展览正式出现在公众面前，并将展览的客流成功转化成了优质的客户群体。

那些天，虽然每天只能睡几个小时，没时间吃上几口热饭，但大家依旧能量满满。这是团队第一次一起策划如此大型的展览，的确，大事件是锻炼一个团队最棒的契机。台湾著名策展人陈俊良先生在 ADM 的论坛演讲中提到，这些年是父亲的一句话支撑他走到了现在，他把这句话一直记在本子上：唯有坚持，梦想的距离最近。

有人说，传统的摄影展都是一个套路：工整排列的照片墙，一幅幅看过去，实在有些乏味。策展不是一直套用一个模式，而是不断变化着的。一年后，我们走出了杭州，将摄影展开到了魔都上海。

二〇一七年夏，我们在上海完成了一场"Listen to her"（她说）女性肖像互动摄影展。这是林老师第一次以独立策展人的身份参与的一个摄影展,从策划筹备到落地实现经历了一个多月的时间。展览邀请了国内四位优秀的人像摄影师,前期总共拍摄了三十八位不同年龄、背景和职业的女性,被拍摄者中有艺术家、理工科女博士、滑板冠军、沙画艺术家、烹饪达人、职业白领,也有全职妈妈,这是一次对女性生命价值与方法论的探索,通过肖像和声音故事展现她们的生存状态,试图用影像的力量记录当下时代中女性个体的形态。但对我们来说,更大的突破在于这是一次有着完整商业模式的策展尝试。

最初与甲方洽谈时,需要展现足够的专业度与可信赖的个人特质,方能让对方安心将这个展览交付给我们,而这往往需要策展人了解自己团队的能耐,如实达成客户的各项要求与期望。譬如此次的展览是由网易联合奥妙共同发起,人像图书馆策展整个准备期充满商业与艺术互相拉锯,确定方案期间有好多次难以推进的时刻,三方在一次次推翻、调整、再推翻、再重来的周旋之后,彼此有所坚持又有所妥协才让方案得以最终敲定。

策展人不可能单打独斗,必须仰赖团队合作方能完成一场展览,因此"让人信任,也信任他人"是很重要的特质。异地做展,从运输物料到搭建都需要时间，林老师在搭建前一天半抵达上海，开启了三十六小时奋战K11[①]的挑战任务。待商场晚上清场闭店后，施工队才可进场开始搭建，时间紧迫，必须于第二天早晨商场开门之前完成所有搭建工作。"小暖，你下午赶紧来上海帮帮我吧！"在我心目中一贯乐观积极、任何事都难不倒的林老师头一回求我帮他，收到信息后，我立刻飞奔到火车站买了最早一班高铁的站票前往上海。

由于所有摄影作品均在杭州做统一装裱后再运到上海，安装过程中出现了作品破损的现象，我立刻联系供应商找了在上海的制作部连夜赶工，要求对方第二天一早务必帮忙送达美术馆，林老师更是通宵达旦盯在施工现场。开展当天上午十点，商场正式开门，基础布展准时完成，仅剩零星的一些细节需在开展前做最后的修补，午后一点，展览终于在上海K11美术馆五号馆正式亮相。

展厅入场是一条玻璃甬道，玻璃上贴了许许多多写着当下社会对女性的定义标签，用射灯折射在地面以及墙面上，当观展者

---

① 全球首个艺术、人文、自然三大元素融合，将艺术欣赏、人文体验、自然环保完美结合的艺术购物中心。中国内地首个K11购物艺术中心位于上海市淮海路。

穿过甬道，标签会被打在身上，寓意着女性被打上了这样的标签，即被"污名化"。在展览入口处，我们为观展者发放了一些圆形贴纸，观展者可以选择自己喜欢的正能量标签，在走过玻璃甬道后，再拿出手中的正能量圆形标签贴纸将玻璃墙面上你不喜欢的句子换掉，这是一个"去污化"的过程，也体现了奥妙去污渍的效果（因为此次展览的发起和出资方是奥妙洗衣粉）。进入作品区，四位摄影师的作品依次呈现，每幅肖像作品旁设计了人物介绍以及一个收听二维码，戴上耳机，扫描二维码可以收听人物的语音故事。展览效果超出预期，观众自发地通过各种互联网社交平台发表图片和感受，对策展人而言最感动也最重要的是"让观众有共鸣"，由于观展人数持续增加，现场甚至不得不排队限流。

这是一次艺术性和商业性相交融的尝试，关于才华、商业以及这个时代我们的梦，我想起韩寒曾说过的一句话："过去的自己想用杂文或者争论来改变别人和世界，现在发现改变世界最好的方式是商业和科技！"我想加一样，那就是——影像。虽然我们的团队很小，虽然每次展览总能发现团队内外或多或少的瑕疵与不足，但已是我们能力所及的最好成果了，起码我们一次又一次努力地去发声了。展览就如同一场精致且讲究深度的大型活动，从理念到实践都是一路的琐碎和艰辛，需要不断强化与周遭协同合作的能力，但即使无数次面对高压，只要能与观者产生共鸣的火花，策展人就会依然燃烧着他们的斗志，以无以名状的热情继续完成与观者的每一场浪漫之约。

这次在上海的展览斩获了"2017梅花网营销创新奖最佳事件营销创新金奖"，之后，我们在上海当代艺术馆的肖像展也获得了颇高的关注度。人像图书馆终于慢慢兑现除了用自己的镜头表达，也努力为更多优秀的独立摄影人办展的愿望。人生就是有着无限可能性的，你只要闭嘴然后去做就好了。在相信自己不会被打败和相信自己会被打败之间做的斗争是很浪漫的。

二○一八年年底，我们"临危受命"接下了一场迄今为止规模最大但时间最紧迫的展览。项目方是杭州一家知名的商业地产公司，该公司旗下的一处商场综合体开幕，原本计划在商场四层的近一千平方米超大 IP 主题展临时宣布退出，其中的具体缘由不得而知，五天后就是该商场的开业日，为了亡羊补牢，主办方的一位朋友紧急联系到了我们。在接到甲方的需求之后，我、林老师和老王迅速开了一次网络电话会议，各抒己见，权衡利弊。

我胆子小、想法趋于保守，基于工作室要先垫付一大笔款项，必然会影响到接下去几个月的财务流水，因此持反对态度，认为不必冒险去做；老王则认为这是一次很好的品牌宣传的机会，平日里我们即便自掏腰包都愿意去做一些优质的展览，这次既是甲方买单，控制得当的话我们还会有所盈利；林老师相对中立，他明白我的担忧，也了解老王想要抓住机会的迫切之情。再三考量之后，我还是选择了相信他们，机遇与风险并存，何不拼一次？

接下来又是挑战"不可能完成的任务"：五天四晚，三路人马，多线执行，从策划、图纸、肖像权签署、作品输出、视觉设计、物料下单，到最后一天的入场搭建，几乎每天二十四小时不停歇，五个人的公司，但每一个人都像一支队伍。当印着作品的五米海报龙门架在商场立起来的那一刻，我想起若干年前和老王开的那个玩笑，我说："总有一天，我要让这座城市的广告牌能看到我们的作品！"这一次，离当年夸下的海口是不是又靠近了一点点？

那一年的冬天，杭州特别冷，这个影展像一份温暖的跨年礼物，更是这些年来人像图书馆交出的一份答卷。影展取名为"片刻·永恒"，分为三个展区，分别展出不同主题内容的人像作品，辅以不同的介质或表现形式，共计七十二幅人像作品和一件装置作品，呈现一次"场地＋照片＋情感"的综合艺术展示。摄影是用个性化的镜头语言记录下片刻的永恒存在，而照片是人生的留存，一张照片也许是一瞬间的片刻闪现，但人的生命正是靠着这样的一个个片段、一幕幕瞬间才更显意义，才造就了永恒。

观众上楼后由商场指示牌进入展区，率先映入眼帘的是策展人的前言和摄影师简介，紧邻着的便是第一展区"素"，选取的是人像图书馆的创店数码肖像系列"Sure·素"，非黑即白，直击内心。一号展区内还设有一件装置作品《沙漏》，沙漏代表时间，相机如同时光机，照片是时间的产物，在摄影工具愈来愈先进轻巧的当下，人们过着二十四小时随身携带相机的生活，随时拍照，也随时被拍。于是，摄影师的定义看似模糊、宽广了，每个人都可以是摄影师，喜乎？悲乎？在这个艺术装置里，我们将照片做成巨大的沙漏形状，将时间具体化地呈现，象征时间碎片里的片刻，每一张照片都如渺小的一粒沙，由此引发观看者的思辨，使其感受到正是每一个片刻组成了永恒。

第二展区名为"穿连体衣的女孩"，是林老师近几年的个人创作计划，部分作品已于同年九月在上海当代艺术馆艺术家群展中展出，这是此系列首次在杭州展出。整个展区是独立的黑色空间，创作概念来源于人眼跟颜色的关系：颜色是眼睛对于光的感觉，是对于照射到物体表面上的光的选择性吸收和反射。按照物体分子结构吸收某些波长的光，然后将其他波长的光反射出来，我们就看到了物体的颜色。每一个少女在林老师眼中如同一种色彩，镜头将她们代入一个纯粹的环境，来展现她们生命中最具色彩的部分。摄影师要思考的是女孩们如何看世界，如何与环境沟通，如何反射世界的能量，而这样的交流在艺术家的观察里又是什么结果。这一系列照片拍摄时的快门是慢的（长曝光），营造一种迷离的视觉效果。

第三展区"偶然与巧合"空间面积最大，所有作品均使用中画幅胶片相机拍摄，不可逆且存在着偶然性和唯一性，拒绝后期处理回归到照片原本的载体，用最原始的暗房冲洗技术来诠释人像。不同于将照片放进相框的形式，我们把每张照片输出至巨大的尺寸放在巨大的空间，带来的些许压迫感让人自觉渺小，带来新的冲击。由照片中人像的细微表情与布满岁月痕迹的脸庞，来诠释时间的流逝与变化，供观众驻足、欣赏。现代人缺少这种对人的凝视,这次的作品不失为一种提醒。这一展区没有安装射灯,而是运用空间本身整体侧面的自然采光,日光通透照射到巨幅油画布上,胶片的独特机理和质感跃然"画"上。这样的一次影展希望打开影像的更多可能,解放我们心中的"诗性",把人们从消费社会的迷幻现实中重新拉回到内心情境之中。

酸甜苦辣,冷暖自知。每次做展览都像在完成一件作品,而创作这件事会上瘾。摄影抑或我们所热爱的其他事物很妙,它们会让你痛苦,让你没自信,有时候甚至是赤裸裸地迷失方向,可一旦你在坚持之中抓到了一条线,奋力往前走,一切的辛苦都会有回报,这样的满足感是没有任何事可以比得上的。放远一点看,得到的其实比失去的多得多。

我为什么拍照?

我的第一台相机是上大学那一年（二〇一四年）父亲买给我的，一台索尼卡片机，当时数码相机才刚问世，我算是赶时髦的新新人类了。虽然现在看来那只是一台极其普通的相机，我却用那台小卡片机完成了一学年的摄影课程，从中获得了关于摄影最初的快乐。可能是从小学画画的缘故，我对空间和画面的感知较好，很多时候我只是跟着自己的感觉去拍照，一开始并不懂理论，只是想把好看的东西记录下来。很幸运的是，我遇到了赏识我的老师，即使我只是用着最简易的设备，和摄影专业学生的技术无法抗衡，我的老师还是给予了我很大的鼓励，他是欣赏我照片的第一个人，也是他第一次将我用卡片机拍摄的照片送上了影展。

拍胶片是从大学毕业那会儿开始的，学了四年的电影专业，我对胶片有一种特殊的好感。我喜欢胶片温和的质感，喜欢它不加修饰的真实，也喜欢按下快门就不能后悔的唯一，那不正像一去不复返的旧时光吗？胶片相机大多都是二手货，我钟情于复古的玩意儿，总觉得抵挡得住时光的东西才有灵魂。在数码浪潮的席卷下，用胶片机拍照如老友相逢，互诉着多年的起落，怀旧之外，我们该庆幸世上总有些人，拒绝让未来吞噬过去。记得我存钱买的第一台胶片单反相机是尼康FM2,35mm系列的全机械照相机，它做工精良，故障率极低，被誉为"光影时代的神话"。在此后十几年的漫长岁月里，我出门旅行最爱带的便是这台相机，我的大部分照片也都是用它来拍摄的，FM2清脆的快门声我觉得是这个世间最好听的声音之一。

三十岁之后，我经常会思考一些终极问题，比如"为什么旅行？""为什么写作？""为什么拍照？""为什么结婚？""人为什么活着？"……可能一辈子都没有答案，却值得穷尽一生去探索。

"为什么拍照？"

格里·巴杰在《摄影的精神》里认为："人们有足够的理由拍照，最主要的原因是它用途甚广——有些是从摄影的角度出发，有些则未必如此。摄影者通过照片保留对假日的记忆，记录孩子成长的过程，显示自己的创造力，表达个人的世界观，或者试图改变我们对世界的感知。照片存在的意义可以是保存个人记忆，作为历史文献，用作政治宣传，用作监督工具，可以作为艺术品，也可用于色情。"

　　我的回答是："为了抵抗时间和空间的虚无，为了留住些什么。"我们拍照是为了支持我们的世界观，在快门按下去以后，产生的图像是已经过去的事物，因此照片马上便成了时间和空间的载体。然而照片并不是记忆，它只是记忆的痕迹，也许往后我们所看到的世界再也不同。因为不舍过去的时间，所以才有了摄影。大学时修过一点摄影课，自认为看事物的眼光还算敏锐，后来自己写书，为了省钱也是自己拍摄配图，我从未想过自己会真正走上"摄影之路"，却仿佛因影像和文字的结合拥有了无比强大的力量。回到贯穿人一生的核心问题：你最不想让它消失的东西是什么？我不愿失去的是青春、童年的想象力、选择的自由、人与人之间的距离、做喜欢的事情的热忱……摄影教会我的事，不仅是按下快门，而是一种对那些不想失去、不想遗忘的人生的留存。我要学习的是一种体会世界的方式，而不只是记录的能力，拍照的意义其实是培养观看和表达的能力。我总是说，拍了这么多的照片，依然觉得拍照很难，无论过多久，都要对自己所做的事情抱有敬畏之心。

影像的力量，是心的延伸。摄影，是修心也是修行，感谢它开启了我人生中的另一段疗愈旅程。无论摄影还是生活，愿我永远保持真挚、好奇与热情。

第四章

穿过时间的密林

坚持做理所应当的事

开门迎客，会遇到各式各样的人。一家店，就是一个窗口，遇见一些人，也让别人认识自己。如果说，被误解是表达者的宿命，那么，不轻易质疑或许也应当是观看者的本分。

人像图书馆有一次来了几位访客，估摸着应该是周末来逛创意园的，走着走着就逛到了店里。是一位男士带着两位姑娘，探门发现这里有影展，便挪进来看看，我们的工作人员听到有动静就起身迎了出去。当时展厅正在展出的是中画幅的胶片人像作品，两位姑娘觉得照片拍得生动漂亮，叹为观止，一旁的男士故作聪明地开始介绍，诸如这种照片应该是怎样怎样拍出来之类的。在场的工作人员起初并未出声，只静静听着，但出于作品被曲解，终于还是上前纠正起来。这时，一旁的男士显然按捺不住了，抖出了平生所学的摄影知识对两个女生说教起来，为了卖弄自己很懂摄影还时不时夹杂着一通专业术语，屡次打断工作人员的讲解，最后竟傲慢地反问道："你们这个照片不是用胶卷拍的吗，现在一卷胶卷也就几十块钱，为什么你们拍摄一套人像要两千多？""这位客人，您去米其林三星餐厅用餐，人家用的也都是最寻常的食材啊，你怎么不问他们为什么定这么贵的天价？"工作人员的这一席话让男士有点儿蒙，轻轻嘀咕了几句，赶忙带着人离开了。

这只是日常营业中的一段小插曲，却让我对于"不理解"有很深的触动。直到最近看了一部我非常喜欢的日剧《东京大饭店》，才算是意外地为我解开了之前一直萦绕在心中的不少郁结。

依旧是一个天才笼络一堆帮手组成完美团队创造奇迹的励志故事，一部浸淫在热血之中的创业故事，很多个片段都让我看到了自己团队的影子，极容易产生代入感，并在心里暗自对号入座。事实上，我们阅读、煲片、追剧，以为看的是故事里的人，实则都是在看自己。

木村拓哉饰演的尾花夏树本是备受瞩目的大神级厨师，却因三年前的意外事故一时间成为众矢之的，落魄逃走，餐厅随之倒闭，鸟兽散的团队成员人生倾覆、各处挣扎。沦为"日本之耻"的尾花遇到了怀揣料理梦想的伦子小姐，她只身来到法国一家米其林餐厅应聘，一心想要精进厨艺完成自己摘星的梦。当伦子吃到尾花做的料理时，感动到落泪，于是两人决定回日本合伙开餐厅——"我们一起打造日本第一的法式高级餐厅吧！我一定会帮你摘得米其林星！"当一个人拥有所爱之事的时候，整个人都是发光体，这总让我想起最初创业时我去见林老师的场景。我想开店，林老师想拍照，也是这么一拍即合。当确定了奋斗目标，接下去就是有钱出钱、有力出力，但仅凭两个人的力量是完全不够的，于是一方面努力说服原先的伙伴们重新加入，另一方面也开始物色有潜力的新人。团队成形过程中经历的那些挫折也令我感同身受，比如新学徒芹田因感到自己被冷落而心灰意冷，身为经理人的京野会在下班后主动找他聊聊，请他吃饭，这多么像我们公司里老王的角色啊！察觉到新人员工的小情绪，以朋友的身份和他们聊天谈心，甚至邀请到家里吃饭，恐怕只有真正走心的老板才会做到这般了吧。因此，是卓越的才华和对料理的执着使这些人最终走到了一起，最好的团队集结了！或许并不是每个怀抱梦想的人都足够幸运地拥有一个理想团队，但当一个人奋斗的世界，最后变成一帮人跟你一起奋斗的世界时，你会发现生命是多么美好！

　　接下来就是打怪升级的摘星之旅。没有极致的热情和付出，是拿不到米其林三星的，尾花会为了一道料理通宵达旦地苦思冥想，他说："不拼上全部精力，是做不出好料理的。如果一个人不能让自己的家人和工作伙伴感到幸福，又怎么能让客人们感到幸福呢？"还有一处细节非常打动我，祥平在离开工作的酒店前，把用过的厨房收拾得干干净净并对着空无一人的厨房深深鞠躬说了一句"谢谢"，说明他是发自内心地热爱法餐的。看到这一幕，我莫名想起林老师也是如此，每次拍摄完毕他总要把影棚整理得干干净净，他对设备的态度很"虔诚"，好像对那些又一次完成了使命的物件持有佛性的敬意，所以他也是发自内心热爱着摄影的。之后，世界五十强餐厅的评选开幕在即，芹田因收了竞争对手的钱为其提供餐厅内部情报，即便拿到了菜谱和做法，对手依旧没能做出完美的料理。"要是有人能模仿的话，就尽管来试试吧。不光是这道菜，我们店里的料理没有一道是别人能轻易模仿得出来的。"尾花语重心长地对芹田说："我们所从事的工作可没那么简单，喜欢模仿别人的餐厅确实遍地都是，但要想摘得三星，就必须凭自己去创造美味。你究竟想要成为什么样的厨师，你自己决定。"任何一个行业总是有人创造、有人跟随，而你的行动表达了你究竟想要成为什么样的人。

剧中对于金钱和手艺的探讨同样发人深省。竞争对手gaku餐厅的老板江藤和主厨丹后有一段谈话："或许你认为决定料理质量的是主厨的手艺，可我却不这么觉得，我认为，决定料理质量的是花费在一盘菜上的金钱。"老板认为只要肯花钱，用最好的食材，雇最棒的厨师，就能制作出顶级的菜品。这多么像当下我们所处的这个资本至上的商业时代啊！当你看到商家把产品弄得肤浅、轻薄却能赚钱；看到大量推销廉价物品薄利多销就能赚个钵满盆满；听见对面财大气粗的男人叫嚣着"流量至上，把钱给我砸下去"……你是否也会动摇继而顺从，你是否还会琢磨琢磨自己的脚踩在哪里，你是否还会感到自己虽然籍籍无名但起码血还是热的？也许你会说，市场和现状就是如此，可是别忘了，任何一个行业里不公正的、不善良的、丑陋的、没有品质的事情中都有我们每个人的"劳绩"。这是一首商业的挽歌，在一片虚假繁荣的狂欢之后没有留下丝毫真实的温度。这是一个看不见腥风血雨、刀光剑影的江湖，人们披着理想与自由的外衣快速套现获利。老王说，想当年自己什么都不懂也不想多想，拿着最后一笔积蓄投靠小暖，一直做到现在，从每天开车四五个小时的小助理，变成焦虑时只能睡四五个小时的小老板，困境从未离开过，但是热血与伙伴始终是拯救他的良药，哪怕这些在外人眼里什么都不是。总有一些人所做的事情会成为一面旗帜，让人们看到世界的不一样，随随便便就能达到的终点、轻而易举就能实现的理想，真是太过无聊了。

当东京大饭店成功摘星后，他们并没有想着要扩张，更没有就此懈怠对料理的追求，而是回到了更平凡的热爱之中，他们相信自己做的事情具有鼓舞人心的力量。人生不止有前进，玩大富翁的时候先到达终点的也不一定是赢家，有的时候，停在原地反而会有收获，重要的是如何度过当下这一刻。正如伦子所言："坚持做理所应当的事，才是最为困难的吧。"故事的最后，尾花默默无闻地经营起了师傅的街角小料理店，因为他曾对师傅说过："别把餐厅关了，你的常客还在等着你呢。"或许，我羡慕的并不是励志剧里的那些成功，而是和一群天真、努力、专注的人一起做好一件事。

每一个小团队都很难，可能很多人坚持不到最后，但我想告诉我的小伙伴们：我们不会永远年轻，永远热泪盈眶，却依然应该对一个更美好的世界怀有初心。

时间是检验热爱程度的唯一标准

前几天，有人采访我"过去有没有发生哪件事，让你觉得这一年也还不错？"我想都没想就回答说："人像图书馆又活过了一年，离百年老店又近了一步啊！"在游戏里，我们有一个"图书馆车队"，暂时逃离现世，一群朋友一起骂骂咧咧，挺好的。来来去去那么多人，我庆幸自己没有掉队，没有从当年的文艺女青年变成垂头丧气、对生活心怀怨怼的中年妇女。我依然拍照、写字、旅行，始终对自己发问：怎样能让自己成为自己喜欢的人，而支撑我唯一的力量就是——热爱。热爱是由你所喜欢的那件小事发展而来的，那一件在我们心中最重要的小事，找到自己想做的事情，然后尽量坚持下去，等待时间的回报。

老王说："这一年吞下了很多年轻时候完全忍不了的气，大家都不容易，放过别人，自己气个几天也就过去了。"老王还说："你们不要怕让我失望，我对这个世界都是失望的。"平日里，我们三个合伙人总是更像大家长，对于团队里的年轻人，总会忍不住倚老卖老地想在他们人生启蒙的时候讲讲大道理，告诉他们挫折会让好人变得更好，让坏人变得更坏；告诉他们二十岁的时候不喜欢的东西，不代表三十岁的时候不需要；告诉他们想要迎接成功，就一定会面临失败，想要拥抱财富，就一定会面临贫穷；告诉他们正是因为被伤害过，体会过疼痛，才更不能伤害别人。林老师依旧天真又乐观，他会说："如果你们不让我拍照，我就去死！"每每这个时候，我和老王就在一旁赶紧接话："没人不让你拍照！"

朋友圈里很大一部分的人，不是换了工作就是换了行业，一年到头的交流仅限于过年时的拜年祝福，很多人我连最初互加好友的原因都不太记得了。《万水千山总是情》里有一句歌词："未怕罡风吹散了热爱"，我偶尔会想，好像真的有一阵莫名的大风，已经悄悄地吹散了人们莫名的热爱，我也不记得消散的是什么，但是我总觉得有什么东西消散了……生活不易，折腾不止，能在热爱的事情之中找到一份安心与自由是多么难得啊！感谢我还有热爱的人和事让自己心如磐石。因为懂得了所有的爱都是有所代价、关乎欲求、注定消逝的，因此大家才更珍惜在一起的时光。

记得去看韩寒导演的第三部电影《飞驰人生》，那是在大年初一的下午，半个多月前我就早早买好了票，贺岁档的电影院座无虚席，结果，我妈在一旁看睡着了，邻座的我却哭成了傻子……结束散场时，片尾曲五月天的《一半人生》音乐响起，大银幕上打出了一行字：此片献给你所热爱的一切。即便当时的我内心有些许遗憾，终其一生我和自己的父母可能都不是同一类人，但在那一刻，我仍然可以真切地感受到活在内心深处的那个顽固的自己。

毋庸置疑，这是目前为止韩寒的电影作品中我最喜欢的一部，以足够的能量密度踏实地把一个故事讲得很好。终归会有不足，但对于我这个从小读他的书、看他的文章的粉丝来说，瑕不掩瑜，十分过瘾。用他自己的话来说，这是一个很简单的故事，讲的就是和你所爱的一切在一起，以及爱的代价。早先看《晓说》高晓松采访韩寒，他说自己是一个必须基于真实人生经验而创作的人，在他有限的人生所能有的经验中，能写的东西就这一些了，而赛车是他人生中最大的热爱。我一直坚信，一个人的一生，能够好好地讲完一个故事已是最大的功德。

　　电影里有对手，却没有大反派。与其说张弛的对手是林臻东，不如说是五年前的那个自己。正如影片中的张弛说："当一个人对自己失去信心的时候，他才是真的过时了。"因为当你真正热爱一件事的时候，一切努力和付出都只是出于本能。都说成年人的崩溃是从借钱开始，于是，张弛开始动用一切可能，为的就是重返赛场，找回昔日的伙伴、重考驾照、筹钱改车……在我看来，这个过程非常动人。年少的时候为了理想可以去死，长大后才知道，为了理想需要卑微地活。热爱并不是放在嘴巴上的口号，更不是自以为是的尊严，而是你可以为了它甘愿低头、妥协，甚至卑躬屈膝。最后巴音布鲁克的决战，宇强无法同行，张弛决定一个人上路。他说："我不是想赢，我只是不想输。"面对一百四十六个弯道、一百零九公里的挑战，每一个弯道都绝无重来的可能。把一件事做到极致就是艺术，绝招只有两个字——奉献，把你的全部奉献给你热爱的一切！但凡内心还有所热爱的人很难不被点燃吧。我脑子里出现的只有一句话："如果不把命放进去，你能做好一件事吗？"而一旦发车，你就是这片土地上最孤独的车手了……追梦的路往往很孤独，大多数时候最后只剩下自己兀自前行。坚持可能就代表了孤独，但孤独会让人变得更强大。有人因热爱而坚持，进而实现梦想，也有人因热爱而选择了一个人的火车、一个人的旅行。无论是什么，热爱使某些人跟大多数人不太一样，拥有热爱的人，人生一定会更有趣。影片的最后，张弛开着它的赛车冲出了海岸，冲向天空，飞向太阳，那一幕很美，时间似乎静止了。影院里有人开始低声讨论："他死了吗？"因为热爱，所以值得。只有明知会破灭也要前行的人，才配拥有真正的美好，张弛飞出悬崖看到的风景，是以生命为代价的啊！若有一天我也能对自己说，我总算把自己燃烧尽了，这又何尝不是自己生命的一种完成？能够将自我彻底完成的一个生命，多么难得！

老王总说，检验你对一件事的热爱程度永远只有一个标准——时间。而这个世上所有的坚持，都是因为热爱。电影上映期间，韩寒写了篇小文，里面说："毕竟一生热爱，回头太难，苦和甜都往心里藏吧。"我在微博里给他留言："恐惧不少，勇气也不少，只是希望有时候能再有一点点运气。"电影是导演心中的一个梦，谢谢韩少，把他的梦讲给我们听；并且让我更笃定：我也有我的梦啊！人生的目的无非就是认识自己、完成自己，而解决一切问题的方法就是不断寻找自己热爱的一切。每个人都有独一无二的故事，爱与不爱也大相径庭，但至少我所热爱的东西，永远都会背在我的肩膀上。

　　人生在世，能够找到自己的热爱，并且怀揣热爱的人终究是幸运的。即便人到中年，我希望自己的生命中还是能保有热血、义气和最初的英雄梦想。

　　愿我们一如既往奔走在自己的热爱里。

心中的百年小店

守着一棵树，守着一家店，过一生。

在日本，拥有百年以上历史的小店被叫作"老铺"（しにせ）。据统计，日本全国有百年老铺十万家以上，其中两百年以上历史的老铺有三千多家。它们大多主营酿酒、和式甜点、酱制品、服装业、不动产业、旅馆业和餐饮业，还有各种各样的制造业。在岁月的大浪淘沙中，百年老店能在屹立不倒的同时大放光彩实属不易，而日本的百年老店数量在世界排名第一，支撑它们跨越百年的，不仅是经营有道，更是矢志不渝的匠心精神。

每年去日本，探访那里的店铺成为我旅行中必不可少的固定行程。吃茶店、日料店、旧书店、古道具店……我原本就喜欢逛店，喜欢那种按图索骥的惊喜，每每遇到那些具有时代风采的百年老店时，我都很想记录下来。在我看来，老店最可贵之处就是与当地的联结很深，人情、店家与风土的脉络是一代一代积累下来的，食物中会有料理人的经营之道，工艺品里有手工艺者的生活面貌，一家有一家的故事可说。这些散发着时代感的老店虽不显眼，却一直守护传统，凝聚着几代人的情感记忆。

反观自己的故乡，我的内心总会倍感失落。杭州的独立小店生态一直很差，所以开一家倒一家。十年前，我因工作的契机走访的一些小店，大多熬不过三年就关门歇业了，这当中能撑过五年的凤毛麟角，大抵算得上是"老铺"了。一年前觅得的独立咖啡馆，第二年再去竟已换了名字和主人；而多年前，你在杂志上看中的小店，在地图上标记好的清单，只盼有一天慕名而往，却终究没等到你去就已不复存在了。究其原因自是各有各的难言之隐，水涨船高的店面租金、急功近利的市场经济，大家都在拼效率、博眼球，物欲掩埋思想，知识败给流量，这就是当下社会的状况。更有朋友无奈地说，当代中国的实体经济就是靠着一批又一批的人前赴后继地循环往复在开店、关门、再开店、再关门的恶性经营模式之中才得以发展的。也许有一天，人们也会逐渐习惯没有老店的街区吧，就像习惯没有书店、杂货铺的街区一样那么理所当然。

尽管如此，愈来愈多的人心中种了一个创业梦，将开一家理想的小店作为人生的终极目标之一。它可能是咖啡馆、花店、蛋糕店、书店、小酒馆……总之是自己喜欢的一些事物，以自己觉得最舒服的生活方式经营。但随着时光流逝，或许是出于生活的压力、现实的困难……这个理想距离人们越来越远，最终成了一个空想。我也曾怀疑过自己那些不切实际的想法，可身边一些朋友越来越趋于极致的生活和他们的创业故事，让我坚信不是所有人都会被现实打败的。

打从开始做人像图书馆的那日起，我便在心中埋下了一颗小小的种子：我们可是想做百年小店的。在人像图书馆里退休，守着自己心爱的作品——这是我能想到的最浪漫的事。出于这样的目标，我们的经营理念和模式都会跟当下快消费的趋势大相径庭，每当被问及"你们今年的目标是什么？"的时候，我总会举重若轻地回一句"活下去！"也许对大多数人来说开始才是最重要的，但我觉得，坚持并一步步走向结局，才是重要的事情。因为创业我认识了不少创业或开店的朋友，每当工作得闲，我们总会互相走动串门，免不了会聊聊各自的近况，吐槽创业的苦水，再羡慕一下彼此的生活……我又开始觉得，还是钱好，但是钱再好，也没有青春好。熟络了之后，我发现大家的经营理念和追求的人生目标都基本一致，对钱的欲望没那么大，虽然起点不同、行业不同，但抱着初心，缓慢而坚定地做自己喜欢且能做的事情，这一点是一致的。于是，我们戏称自己是"百年小店联盟"，中国好像也没什么靠谱的坚持如初的百年小店，希望我们这一代可以留下些什么。

如果说，过去是这座城市还没有准备好，十几年后的现在，杭州又有了很棒甚至更有温度的店，店主也更成熟和冷静了，起码大家都在努力奔着十年、二十年做下去。"少即是多"，越小的店，越需要精准的选品和审美眼光，面对竞争，能让客人一再光顾的最大理由正是一家小店所给予的"内容"。后来，联盟成员越来越多，年末问候便成了"又离百年老店更近了一点哦！"当我们再次聊天，聊的不是关于资源整合，利益抱团，不是你的张良计和他的过墙梯，而是拥有相同频率、品质理念、行事逻辑的人们殊途同归的人生朝向。"百年小店联盟"的另一个意义是希望建立一种责任感，就比如日本京都的老店，传承者其实背负了极大的责任，他们不能简单地关门大吉。一家好好的店没有前兆地关张，在日本绝非稀松平常的事。经过漫长时间形成的这种社会关系若有一环崩裂，就会给多年一同坚守传统的伙伴带来困扰，对他们来说，如果因为自己而给别人添麻烦了，他们从心底是很难接受的——这是他们对于京都这座城市负有的责任感。被称颂的所谓"匠人精神"中，最动人的部分不就是一份地久天长的决心吗？

记得有一次我和父亲聊天，他说，这些年你们坚持做自己想做的事情，为什么整天那么忙也没见你们赚什么钱？我当时是这样回答他的："爸，我们这代人大部分都拼爹、吃父母饭，剩下的就在所谓的体制里被工作裹挟着过完自己人生最黄金的时光，但是你女儿我并没有。我知道我们只是人肉梯子，这是我们这代人的命运，我做不到更好了，但还是要做个样子出来给将来的人看——你们要是比我们还差，就别出来创业了！"

让企业永续经营是每一家公司的愿景，但永续是五年、十年，还是一百年呢？日本的那些百年老店或许不是最显眼的，但却经过了漫长的岁月累积，是日本最坚守传统的地方。有研究指出，如果"唯快不破"创造的是一种"奔马式"的品牌，那么百年老店就是一种"骆驼式"的品牌，他们相信生意是由客户的口碑带来的，追求永续的经营，而不是爆炸式增长和扩张。在经营上，他们注重用产品去培养和说服市场，而不是打很多广告，一般也不会追求过高的利润率。因为选择不多，所以兴趣嗜好相似的人有更多的机会在一家店或活动场合里遇到，这种无时无刻不令人感受到的、深以为然的归属感，或许是一家有时间厚度的小店才会有的日常。

如果你喜欢一件事，你就不能愧对"喜欢"二字，要真的足够了解它。过去的几年，人像图书馆最大的收获就是拥有了一群认同彼此审美观和价值观的优质客人，更多的时候他们甚至已经成为我们的朋友，分享对这个世界的认知和看法，也勇于提出中肯之言。正像马克斯·韦伯在《新教伦理与资本主义精神》中写到的那样："这种需要人们不停地工作的事业，成为他们生活中不可或缺的组成部分。事实上……在生活中，一个人为了他的事业才生存，而不是为了他的生存才经营事业。"对事业的忠诚和责任，是他们创造"百年老店"的不竭动力。以热情去拥抱无法分割的生活与工作，我们都是在玩乐中观察，消费者模式和业者模式同时存在，随时随地观察市场。任何品牌想要与时间抗衡，都要赋予产品具体的时代特征，也就是要与时俱进，传承历史又勇于挑战新鲜事物，这种进取的姿态是百年老店必须拥有的优秀品质。

　　希望在这座城市努力着的人们，到了五六十岁的时候，当头发变白、腰围变粗、开始戴起老花眼镜，大伙儿还在做着我们现在正在做的事。只要能够撑下去，"百年小店联盟"先这么彼此约定了：不管这个社会如何改变，我们一定要一路搞下去！浮躁的社会里，必须有一件事能够让人沉静下来，而最终，唯有远方的星空与脚下的土地，方能超越时间。

第五章

人生最大的敌人是无聊

我与纸媒的那些年

记忆中，我人生读到的第一本杂志是《少年文艺》。老家邻居的姐姐攒了好几年的书一并给了我，据说那是新中国成立以来创刊最早的儿童文学刊物（原来我从小就开始文艺了……）；上初中之后，母亲每年会帮我去邮局订《萌芽》，我开始读韩寒、郭敬明、安妮宝贝，也许是因为进入青春期，特别喜欢那种叛逆文学和赤裸裸的忧伤。给《萌芽》投过几次稿，未果。那时候的登稿门槛很高，出书在人们看来更是堪称"伟大"的事。所以，那时候我的另一个理想就是长大以后能出书，当作家。当时，我几乎把所有零花钱都用在了买书、杂志和磁带上；进了大学，网络开始普及，但大学四年我都没在寝室装电脑，更习惯于每周去校图书馆借书，一次四五本，白天上课的时候放桌子底下看，下课回寝室洗漱完毕就坐床上看。那会儿看得最多的是小说，以及半个月一本的《城市画报》，也买过一阵子的《氧气生活》，之后就是托朋友定期帮我代购的*PPAPER*。杂志为我打开了一扇奇妙的大门，我第一次发现原来每个城市有那么多人在有趣地活着，并且不断创造着新的可能性。我在心里种下了一个新的美梦：我要做一本自己的杂志！

二〇〇八年，我大学毕业，没有选择去传统媒体，而是误打误撞被家人安排进了网络新媒体单位。即便那是一家省级重点门户网站，但毕竟那时候网媒的春天还未到来，网媒记者并不招人待见。从事着新媒体的行当，我心里却装着一个杂志梦。机缘巧合之下，我遇到了一位愿意出资帮我做杂志的投资人，我便约了志同道合的好友准备一起大展拳脚，信心满满地利用工作之余的时间孵化我们天真无邪的杂志梦。就在万事俱备之际，投资人"跑路"，我们实在心有不甘，我的那位好友竟单枪匹马找到了出版社社长谈判，最终争取到了一次出版权。

两年后，我俩将毕业后工作一年多所有的存款倾囊而出，一人出了一万块钱印刷费，将那本中途"难产"的刊物——《美德·梦想志》的第一期（也是最后一期）正式出版了。我们自掏腰包花了两万块钱印了一千本杂志，每本定价二十元（可见即便全部卖完，不细算前期的投入，这事儿都是不赚钱的）。因为没有更多的资金做发行渠道，印的一千本杂志全靠朋友无偿帮忙代售或寄卖，其中效果最好的是通过当时的淘宝店铺预售了几百本，很快就全部卖完了。不过至今，我家楼下的仓库里还堆着两箱那时剩下的《美德》杂志（苦笑）。

因此，我很早就明白，在国内做杂志根本不可能是为了赚钱，就是冲着一股子情怀，因为心里有梦，所以才燃着熊熊的热情。虽然，《美德》再也没有出过第二期，但我从未后悔用人生中赚到的第一个一万块去做了那件疯狂的小事，因为我把那个阶段能抓住的机会和能努力去做的事做尽兴了。直到前两年，有人翻出旧账，问我还愿不愿意继续把《美德》捡起来做下去，我说"不了"，因为已经"了（liǎo）了（le）"，那种感觉就像胸中郁积的块垒都被我尽情地吐了出来。人这一辈子，心里总会装着一些事，有过一些人，在你遇到的时候拼了命去抓过，把吃奶的劲儿都使上了，无论结果如何，也就了（liǎo）了（le），心里舒坦了、翻篇了、过了。

每个月不管再忙，我还是会定期去泡书店，也会定期买书，十几年的老习惯是改不掉的。在咖啡馆翻阅杂志的美好，喜欢看纸质书的偏执，我阅读、写作、出书，也顺理成章地实现了儿时的理想。在这个纸媒逐渐走向衰落的时代，写作除了是给自己的记忆做个备份，更重要的是让我意识到码字不再只是一件私人化的事情，也可以是一种分享和传递。

每次出新书，总有人会理所当然地来索书，我也总会厚着脸皮，看似不近人情地对他说："书要自己买哦，如果嫌贵，大可以去网络花三分之一甚至更少的钱购买电子版来看啊。"或许，这也会被人贴上"小气作者"的标签吧。但很多时候，真的不是舍不得一本书的钱，而是心里对"纸质阅读"的珍视，我愿意相信，每个码字人的每本书都好似是他（她）的一段人生情义，我就不信它还不值你半张电影票的钱！当然，我也是后来才领悟，连纸媒都陆续倒闭了，有人花一杯咖啡的钱来买书的情意是多么珍贵。

二〇一五年年初，我一边经营着摄影工作室一边开始给《外滩画报》旗下的新媒体公众号"大城小店"供稿，主要采写杭州的探店和生活方式类文章，写得愉快又自在，而且认识了一群有才华又有品味的新媒体人以及城市撰稿人。我觉得那是一件特别棒的事，因为它使得我永远走在这个时代的最前面，去了解并试图揭开城市中最具可能性和新鲜感的存在。而借由彻底脱离体制后这种独立的媒体人状态，我对自己的采访观有了新的认识：

首先，"采访"二字英译为interview，也翻译为"面试、接见、会谈、见面"，用构词法拆分："inter-"意为"在……之间、相互的"，"view"是"看"的意思。因此，我所理解的采访应该是面对面的，双方此时此刻进行着的对话活动，当然这也是基于传统纸媒时代的老观念了。但或许是因为新媒体网络的影响，大家都越来越懒惰了，越来越追求速成，以至于越来越多的"采访"都简化成了"Q&A"，即"提问和回答"，编辑或记者列一串问题，发送给被访者，被访者填写完毕后回发过来。我也曾经尝试过用这种方式进行采访，但效果不佳，即便对文字进行了二次加工和处理，出来的文章依旧给人一种复制粘贴的感觉。试想，你都没见过你的被访者，没听到过他的声音，怎么写得出有感情的内容？你都没和他有过一场唾沫横飞的聊天，如何给更多人讲述所谓的生活方式？从那次之后，我强迫自己坚持每一个采访都必须做到面对面交流，否则宁可暂缓这项选题。

世界越来越小，往返特价机票让飞行成本越来越低，但为什么人与人面对面的交流和主体性的约见反而成了一种奢侈？我们可以像空中飞人一样来来回回，却不愿留点时间给身边触手可及的人。是距离禁锢了人，还是心禁锢了距离？实际的采访中，即便无法做到面对面，也还是可以通过语音或视频电话进行采访啊！信息技术的发展应为即时交流和面对面创造更多可能性，而不是缩短或直接省去本该花十五分钟坐下来聊一聊的机会。

另外，常会有一些算不上朋友的朋友和我说："你帮我写一篇稿子呗。"

"不写。"直接拒绝。

"为什么？那我可以给稿费啊。"

"也不写。"我很坚持。

因为我不是靠写字为生，它是我的热爱。以前在单位被领导安排任务，不管喜欢不喜欢，只能写，或者为了完成任务不得不写。但现在我只想写自己爱的、喜欢的、有热情的内容，我就是图个开心，写不擅长、不喜欢、自己都不觉得好的东西是件痛苦的事情。文章骗不了人，采访无法违心。

还有，我认为寻找命题和对象也是采写的重要环节与过程，我讨厌攫取捷径的人。采写一种类型的稿子久了之后，常会有一些莫名其妙也不知道从哪里要来你联系方式的"朋友"，上来就理所当然地问你要资源："喂，你是不是认识那个谁谁谁，能给我个联系方式或者帮我联系一下吗？我也想去采一下。"这时候，我真的很想翻起白眼："你谁啊，我们很熟吗？我为什么要帮你？"我是属于那种能自己找人、找线索就坚决不会麻烦别人的人，现在信息那么发达，网络搜索这么厉害，想采访谁百度一下，照着店铺的电话打过去白报家门，大部分小店或者机构组织听说你是媒体也不会拒绝的吧。我曾经因为找不到一家店的联系方式，直接不请自来跑到店里，结果伙计说老板不在，也不肯给私人电话，于是我第二天又去了一次……记者挖信息寻线索不是基本的业务素养吗？别总想着抄近道啊！

以上是我的采写观，当然主要针对我前些年所在的生活方式类领域提出的一些个人观点，如有不同看法，那就求同存异吧。

同年年底，我接到《外滩画报》即将休刊的消息，继《都市周报》《浙壹周》《上海壹周》等之后，又一份我喜欢的纸媒刊物忧伤地宣布休刊。早在二〇一三年，亚马逊公司总裁、《华盛顿邮报》的新东家杰夫·贝索斯就曾在采访中预言："未来某一天——我说不上多少年以后，也许是几十年以后——纸质报刊也许会成为一件奢侈品。"虽说纸媒的衰落是大势所趋，但作为一个曾经的媒体人，我的内心多少还是免不了矫情地感伤一下，毕竟，我知道那里凝结了多少人的坚持与梦想。许知远说："书束缚了我，印刷崇拜毁了我。"这是一个纸媒行业的冬天，老媒体人在微信朋友圈里感叹，"这个冬天已经很冷了，而且还有霾"。我安慰道："一定只是暂时的，等社会发展到更高的阶段，就会回归了。虽然我也不知道那一天到底会不会到来，何时才会到来。在一代人心中，杂志人似乎已不再只是一个职业名称，而成为一种精神，充满热情、创造力和不放弃、坚持到底的品质。无论是纸质阅读，还是移动互联网阅读，都是一体两面的存在，存在的本身并没有对错。有人说，"活着"和"生活"之间只隔了一件事，叫作阅读。阅读的媒介在变，但阅读本身依然是人们心中一座可随身携带的避难所，给人以持久深刻的力量。

　　我曾在微博写过一个新年目标：少看手机，多阅读、煲片、运动，选择少而精的旅行。我想，在接下去的每一年，这仍旧会是我的目标。

　　愿纸媒不灭，阅读永存。但比一切形式更重要的是坚持对内容的挑剔和执着。

性感的大脑和滚烫的人生

我曾经从事过四年的编辑记者职业，撇除掉那些官方的时政内容以外，我最喜欢的就是外出采访。有一阵子，我在那个曾经是业内领军角色的杂志做兼职记者，那一部分的职业生涯唯一留给我的财富似乎就是那几年当中采访过的数量可观的"人"。

于我而言，记者是个不断认识人，与人聊天打交道的职业，不论基于何种初衷，被采访者即代表了某一类群体中拥有话语权的那一个，而城市生活类的采编工作者，比普通人更易窥得这个世界上更多人的故事。有时候我通过一次采访用另一个人的眼光去看世界，我的世界也由此被扩展开来，突破有限的自己。就像博尔赫斯从小径分岔的花园里走过，虽然岔路有很多，但是他终究也只能选一条路走一遍，然后想象着走在另一条路上的风景，因为人生中的选择往往是不可逆的。当被采访者开始侃侃而谈，我也跟随着开启了一段新的探索，时而啧啧称奇，时而哀而不伤，时而被戳中笑点，觉得人生真的其乐无穷。每每在采访过程中，当很棒的人出现在我面前，当"性感的大脑"遇上"滚烫的人生"，我面前的这个人就开始发光。是的，我甚至能在一场采访的时间之内爱上一个人，心中不由得慨叹："噢，原来这世界真的有会发光的人！"

我一贯认为，聪明的大脑是一个人更高级的性感。有句话说："学识是男人骗女人最好的灵药。"说法虽然偏颇，但话糙理不糙。"性感"不分性别，并且不应只针对视觉或皮相，更可以用来形容人智慧的容器——大脑，研究表明，通过语言或声音甚至可以达到颅内高潮。比起好看的皮囊，性感的大脑更让女人着迷，譬如对某些事件有独到见解，不至于严肃呆板或低级趣味。总之，让人如沐春风，会有被抓住的感觉，想要去交流和持续聊天，想要进一步去了解。如果说，身材需要管理和锻炼，尤其人到中年一旦懈怠便会不自觉地陷入油腻发福的困境；同理，大脑也需要充电和学习，否则陈旧固化，人未衰心先盲。我们是谁？面容长相固然是各自的标志，我们难道不是更由我们读过的书、我们经历的事、我们对世界的认知所构成的吗？

民谣歌手周云蓬之前的女友绿妖最早就是因为《看不见的爱情》这首歌成了他的歌迷，她在柴静的采访里说："所有谈过恋爱和失恋过的人都会喜欢这首歌，那种气息，像在很深的井底仰望天空的感觉，又绝望又有希望的感觉。"柴静问她："难道仅仅是因为老周是个很有趣的人，你就和他在一起吗？"绿妖说："有趣的人多难遇到啊，不是很容易的。"一辈子很长，一定要找一个有趣的人一起过，所以，得首先让自己努力成为有趣的人吧。我特别佩服会拿自己开玩笑的人，我觉得人生的智慧之一就是当你和别人聊天时，可以有很多好笑的段子和丰富的经历作为谈资。所以，我对一个人最高的评价就是：你是一个有趣的人。而有趣的人，大概都有一颗"性感的大脑"。

不幸的是，恐怕很少有哪个男人是因为女人的智慧而爱上她的，大多数所谓条件良好的男人属于视觉系。人好看了，多一点努力就让人很满意，这个现实的世界！我认为，看一个时代女性的风貌很大程度上也反映了这一时代男性是怎样的。如果某一阵子泼妇特别多，那么多半是因为懦夫也特别多；假使你周围的锥子脸很多，其实是因为这个人群中的男性已经丧失了基本的审美。我非常同意"女为悦己者容"，而女性选的什么面目去出现，一定是跟她周围簇拥着什么样的男人有关。而审美又跟教养有关，这个倒是真的跟收入没太大关系。教养从何而来？教养从你看到的文字、感知到的世界而来，从你的脑子里来。

　　灵感精灵似乎偏爱那些随时随地产生好奇心且拥抱热忱的人。过去我不相信人能真正活出完全的本性，但这些年因采访遇到的一些人让我开始相信，一个人的内核之中一定要有一些天真、一些理想主义、一些不切实际，甚至是一些愚不可及的念想，因为这是让人即使不成功也能非常快乐的因素。最近看到一则新闻，日本著名导演北野武再一次做出了惊世骇俗之事，这次并不是他在电影事业上的成就，而是他与相恋八年相差十八岁的经纪人的忘年恋情修成正果。七十二岁时离婚，七十三岁和小十八岁的情人结婚，北野武成为"日本演艺圈最高龄再婚者"，而早前他与妻子松田干子离婚时还将名下的房产全部转让给前妻，净身出户。北野武说："虽然辛苦，我还是会选择那种滚烫的人生。"一个人，保持住性灵太重要，和年龄其实没多大关系。老头子在《北野武的小酒馆》一书里坦言："我所害怕的，并不是死亡本身，而是无法按照自己的理想活着，我害怕的是那种既沉闷又无聊的生活。"他形容自己是选择了一条相当于自杀的人生道路：从小家境贫寒，大学时主动退学，在浅草边打工边学表演，成了相声艺人，后遭遇车祸死里逃生，脸和脑袋被植入了大量的钛合金……"即便有机会让我的人生重新来过，我想我还是会选择那种以几亿度高温飞速燃烧的人生。"北野武的任性并不意味着普通人都可以这样，但人生的选择却无处不在，或许大多数人都会选择一条更安全的路，却不妨碍人们听到这样的故事时会为此动容和激动，因为似乎他们帮你探索了另一种人生可能，我更渴望迷恋那种生命的多样性，期待看到那些有能量密度的、鲜活的，更能证明人之所以活着的例子。

这是一个玩物明志的小时代。有人做网络直播养活自己的旅行梦，有人做淘宝店主养活自己的咖啡馆梦，也有人做Vlog[①]博主养活自己的电影梦……过去那些年，我也做过许多不赚钱的事，如今回想起来确是最快乐的事，因为你愿意不计成本用心去养的那些事物往往是你真正的热情所在。人生最大的敌人是无聊，我们最害怕面对的是没有内容的自己。人生很短，要尽可能去做自己想象不到或者生命里不存在的事。我的人生，好玩第一位！

---

① Vlog: 博客的一种，全称是Video Blog 或 Video Log，意思是视频博客、视频网络日志。

永恒的挣扎感

　　三十岁之后的每一年都过得不轻松，人生中的一系列问题也接踵而至，似乎该面对的总会面对。"人长大了好没意思啊，这么多烦心事""现在才发现考试分数那点事算不了什么"。大部分时候，人生是越活越没有退路的，而我们只能慌张地接受，静观那些变与不变，如但丁所说，"已至人生的中途，有时却仍是个迷惘的人"。寻常的日子里，看书、写字、工作、走路……我总是以自己认为对的方式去试图抵达，不断发生的很多事让我一次又一次多看清楚了自己一些，一直不敢承认的那个自己。人这一辈子，都在通过他人了解着自己。因为如果无法借由类似镜面的介质，谁都看不到自己，或者换句话说，其实谁都不曾看到过真正的自己。镜子是旁人，是他物，也是我们唯一可以认清自己的途径。

　　年末的时候，和小伙伴们去山里的民宿度假，彻夜喝酒、谈人生、聊理想。推杯换盏、觥筹交错间，我大言不惭地说："目前的人生目标就是再去国外开个店！"林老师说他的人生目标就是去外太空看一看……眼光不远，怎么做大事？老王则说，他的人生目标是喝遍每个地方的酒，看看各个国家的妞。……"哈哈哈哈哈！"大家瞬间各个笑趴下了。记不清有多久没有一起聊聊这些遥远的风花雪月了，我越来越能嬉笑着看待悲伤，也越来越能庄重地对待笑话了。看到别人，常会反观自己，更确切地说是比较，人很难不去跟别人比较，但我心里总有个声音："人生又不是完成任务，人生是做自己！"所谓我与我周旋久，宁作我！永远肆无忌惮地做自己，一直执迷不悟到死吧，因为在我心里，每个人还是做自己的时候最可爱了。

许知远在一期节目里采访导演李安，曾谈到过人生里"永恒的挣扎感"，李安说："人只有在克服困难的时候才能完成自我确认、自我证明。"自我真的像一部宇宙的大书，深不可测，人对自我的探索是一项永无止境的功课，也是一件很累、很花脑子并且需要勇气的事。这几年，经常听到有人提出"要努力跟自己和解"之类的鸡汤论断，我是不愿苟同的。一个人可以跟父母和解，跟他的竞争对手和解，甚至跟这个世界和解，但若是跟自己彻底和解了，恐怕是哀莫大于心死了。于我而言，"永恒的挣扎感"弥足珍贵，因为我还有自己想做的事，我依然对环境有巨大的不满和反抗的精神，对自己依然有很高的期待和愿景，我依然是一个野心勃勃的青年人。古往今来多少诗人、戏剧家、小说家都受困于"灵与肉的矛盾交织"，因这深刻的复杂性才诞生了经典的作品。金庸的武侠小说里有种武功叫作"左右互搏术"，老顽童周伯通因《九阴真经》事件被东邪黄药师困于桃花岛岩洞十五年，周伯通天性爱玩，在漫漫长夜中为了打发无聊时光，遂萌生自己左手与右手打架的想法，继而创造出金庸武学体系中的绝顶功夫"左右互搏术"。看似荒谬，真实的人生中自己和自己打架的事却屡见不鲜，听到第一个"我"说做人要诚恳，第二个"我"刚刚穿好保护色，两个"我"在拔河的场景无数次地上演。不满、自省、尝试改变，不满……无限循环，明明想要与人无限贴近，却又忍不住惧怕亲密，嘿，真挺麻烦的。如果世间真的有"强心针"这种东西，难道打一针我们的内心就会坚实点、理智点，所有矛盾就能统统被扼杀了？《心经》有云，"观自在菩萨，修行达极高智慧到彼岸境界之时，便会如实知道身心是变化无常的"。我们用了那么久的时间，才开始认识并接受自我的无常。

　　挣扎还来自物质和精神的矛盾。有言论说，80后、90后是中国"垮掉的一代"，乍听之下固然生气，但有一点是肯定的：与我们一样的同龄人都深深地被消费主义所影响。小时候，我们总想改变世界，想把整个世界都搞好；长大了之后，我们却开始学会跟世界和解，但也开始跟自己死掐。因为，我必须跟自己死掐，把"小"解决了，才能转身面对"大"世界。挣扎的过程更像是一种自我认清的过程，而我，偏偏想要继续挑战自己的勇气。

　　有一阵子，大家都在看亦舒小说改编的电视剧《我的前半生》，我一边追剧一边也默默地和朋友们讨论剧中的人物。在我看来，这部剧里并没有大善大恶之人，而大部分观众表达自己喜好的背后其实只是预设立场的不同。一旦有预设立场，对人和事的观察和态度就会变窄。

　　人只要有选择，就会有遗憾，人世间的美好幸福总是不能兼得的，你有所取，就要有所舍；你有所得，也就有所失，取舍得失都是相对的。人生就是一场永恒的挣扎，没有任何一件我们真心深爱的事情不是爱恨交织的，我们从来都是一边爱着，一边恨着，维系着彼此之间的牵绊。如果我在二十几岁的时候来看这部剧，我也会咒骂凌玲的小三行径，厌恶陈俊生的懦弱，反感子君作为闺密的插足行为。人与人之间的关系，无论友情、爱情甚至是亲情都存在着时间性，到了如今的年纪和人生阶段来看这部剧，我能够彻底接受"聚散总有时"这个事实后，才对每个角色有了更深刻的谅解。

每个人，都有各自所要背负的十字架。

一个人会因为任何一种原因爱上另一个人，爱本就无解。但人也都是在变化着的，当面对人性的真实选择的时候，就能理解什么是爱。给予对方自己思考、自己选择的最大可能，在我看来才叫做爱。值得人们去探讨与争议的影视作品就是一部好的作品，它让你在每个角色里看到自己，于是你开始斟酌自己个性里的每一个部分，好的作品在反省和提醒。

人生怎么活都是一种遗憾，因此对于每一种不同的生命状态都要有懂得和尊重。一个人最坚持的部分也往往就是最令你受苦的部分：看到唐晶的骄傲、子君的蜕变、陈俊生的软弱、凌玲的心机、贺涵的无奈，甚至是薛珍珠的势力……这些部分我的内心世界也存在，只是每部分偏向的多少会不同。如果放任某个部分单一地发展是很危险的，所以自己要学会平衡每一个部分，正是这些不同的人格部分彼此对话拉扯，才构成了真实人性的可能。

蒋勋曾说："到某一个成熟的年龄你才会知道长篇小说是真正的人生。人生就是悲欣交集，它是很多喜悦和悲伤组合在一起的一个复杂的过程。"人生没有圆满，人生只有巨大的残缺。而对人的领悟也并不在善恶里，而在生命的经验中。

既然太多东西可遇不可求，那么，可求的也唯有自己。你得俯下身去，朝着幽暗深处的自己伸出手去。人无所不在枷锁中，不是一挣一扎能度过去的。与其说我们不断地在探寻真相，不如说我们在不断摆脱自己与生俱来的蒙昧。无论遭遇何种境遇，都要挣扎着去找出口，然后对那个又闯过一关的自己说一声："你真勇敢！"我曾经一直想去很远很远的地方，当发现自己在熟悉的环境里生活无法解开关于成长的困惑时，就会迫切地需要借助远方来释怀，但最终，我发现更远的地方，永远是自己的内心。

"真正"的自由

　　我对自由最初的渴望来自许巍的一首歌《蓝莲花》，第一句歌词是这样的："没有什么能够阻挡/我对自由的向往"。那是二〇〇二年的春天，还在念高一的我骑着脚踏车飞驰在去往学校的路上，耳机里的电台突然播起了这首歌，许巍用略带嘶哑的嗓音呼喊着他的自由之歌，那是我一生中很多个奇妙瞬间中的一个，我一下子被震慑住了，顿时有一种被唤醒的深刻触动。那时的我还是个理想主义者，对外面的世界一无所知，只觉得自己是庞大牢房中的囚徒，熬过了高考就能"刑满释放"了；念了大学后，我的确自由多了，放飞自我飘飘然了起来，可还有少年时代的忧郁面容。《麦田守望者》的作者塞林格说得好："人不叛逆枉少年。"于是想要走出去，心想等毕业、工作赚到钱，就可以想去哪儿就去哪儿了；可一旦工作了却再难停下来，身不由己，更加不自由了；忍耐多年存了些钱，辞了职，看了一圈世界，发现世界实在太大了，反正也走不完，差不多该回去了。从身体的抵达，到爱恨的选择，人生不过就是一个欲值不断攀升的过程，充满了可笑的徒劳，到底是幸运，还是不幸？

此后的漫长时光中，我则学到了世界上没有绝对的自由，任何领域内的自由都是有条件的、相对的。早前有一则报道显示，日本人在中国感到不被约束的"自由"，公共场合可以大声讲话，地铁上可以肆无忌惮地打电话，买东西可以讨价还价，不好好排队也不会遭到指责，最重要的是——还可以剩饭！中国人不像日本人那么讲究规矩，在中国无须太过努力去迎合别人。文章称，"当对日本社会的束缚感到疲惫时，只要来到中国便会觉得重获自由"。反观近些年国人赴日旅游热度一再高涨，甚至不少中国人在国内待上一段时间便会发出"好想念日本的规矩啊"这样的感叹。首先是城市的整洁性，日本是世界上最干净的国家之一，即便是人潮密集的公共场所，通常也是一尘不染；又譬如，日本人特别守时，到了见面时间还不出现以及对方随意更改计划的情况都是不被允许的。可见，一座城市、一个国家的文明也是以牺牲大多数人一定的自由而实现的。

过去给人打工的那几年里，我觉得自己太不自由了。早晨迟到几分钟就会被扣钱，周末被临时叫去加班是常态，就连每年年假想出去旅行都得完成各种审批报备流程……可那时的我还没有足够的勇气和能力去挣脱，只得一次次说服自己："一个人只有到达了一定的高度才有一定的自由。"历史上的奴隶社会，从事劳力活动的主要是奴隶，他们无报酬，且无人身自由。如今的文明社会虽早已不至于此，可权利与自由的天平依然更眷顾位于金字塔更上端的人，所谓"权力越大的人越自由"即是这个道理。有句俗话说："自由不是想做什么做什么，而是不想做什么就能不做什么。"只有在一定高度、一定能力的支持之下，你才有说"不"的自由。当然，自由通常也与风险同在，给人打工虽然任人摆布，但相应承担的个人风险也较小；自己当老板看起来自由自在，但需要背负的责任和风险却不言而喻。自由总伴随着遗憾，可是对自由的向往，却总是在一代又一代人心中死而复生。每个人心中自是有着自己的一套度量衡，冷暖自知。

放到时代议题下人们对于自由的讨论，不得不提的就是"财务自由"。从某种程度上来说，金钱是人能够获得自由的重要途径之一，它让人有足够的底气去面对生活中的种种压力和挑战，有底气去做选择。

从小我父亲对我的教育就是：钱这个东西，生不带来，死不带走，够用就好。钱，善用在自己身上时才有价值。所谓比上不足、比下有余，我们家虽不是什么达官显贵，但日子也算过得安逸舒坦，做人要知足。所以，从小到大我都没什么金钱观念，更不用说什么商业头脑了。我们家族历代没有一个人是经商的，我也从未想过有一天自己居然会出来创业做生意。但随着年岁渐长，我开始意识到，虽然钱不是万能的，人不能被一些所谓的财富困住，但没有钱却是万万不能的。什么东西都能看不起，就是不能看不起钱。我喜欢安全、确定的东西，所以我喜欢存款，从不炒股票，我甚至想过把银行卡里的钱都取出来，把现金锁在柜子里。

大学毕业之后，我曾悟出过一个残酷的结论：如果没有父母的资助，一个年轻人完全只靠自己的双手在体制内苦苦工作一辈子，很有可能连城市里的一套房子都买不起！那我们这代人，谈何梦想？这个问题困扰了我多年，我开始思考：一个人到底该如何才能积累起财富？那几年，有个特别不好的现象是，大家总拿现实残酷、生活所迫、没有有钱的老爸作为借口。谁还不曾有过一个暴富梦？人最难面对的终究是自己，坦然面对自己的欲望，人生有时候就是需要赌一把的——要做自己喜欢并擅长的事。但现实中，只有少数人是真正了解自己到底喜欢什么，自己能够做什么的。因为喜欢不代表有能力做到，大部分人都不够了解和认识自己，所以大部分人都活在抱怨和无奈之中。当我对自己有了清晰的认识之后，我决定开始创业，我想赌一个拥有更好的生活的机会！我真的想做自己的英雄。

世界上有两件事最难：一是把自己的思想装进别人的脑袋里，二是把别人的钱装进自己的口袋里。前者成功了叫老师，后者成功了叫老板！可我觉得，如今的社会，只有把两者都做好了，才能真正拥有财富。但钱并非人生的终点，它只是一个过程，你不能够没钱，因为是它让你活下去，创业者不要为了所谓的理想主义而放弃商业权利，一定要把钱赚到，不要说我不屑于赚钱，这样的金钱观是不对的。台湾品牌创意大师包益民曾说过："赚钱和理想不能分前后，两个必须同时满足，因为做赚钱但没有理想的事情，你会很痛苦；可是当你做了很快乐的事情但不赚钱，你也不会快乐。说真的，不要骗人，没有人喜欢亏钱的，所以你一定要想办法把这两件事情结合好，这不是一件容易的事情，但要让自己永远朝这个目标走，不要放弃。"

作为一名女性创业者，我认为这个时代的女性都应该努力实现经济独立，尽可能去达到经济自由。首先，女性拥有持续赚钱的能力很重要，并非是要树立成为富翁这么远大的目标，但至少女性要有经济独立的目标，不依靠父母，不依靠男人。以实际行动来说，可以从立志赚到人生的第一个一百万开始！我很欣赏的一位复旦大学哲学系老师陈果曾说过："真正的自由者爱富不嫌贫，拿得起放得下！"爱钱之心无可厚非，但爱富时依旧善良，不因富有而凌驾于他人之上更重要。对我来说，我的财富之路也是我的自由之路，终极目标是想让自己更自由。其次，我相信小富由俭，大富由天。我希望自己可以小富，因为大了就会像坐监牢，就又会陷入一个不自由的泥潭中。对于财务自由的理解因人而异，每个人对生活的要求不同。之前网络上有过"当代人到底有多少钱才能实现财务自由？"的热议，结果很多人给出了一个大部分人一辈子都无法完成的天文数字。但对我来说，我对金钱的欲望是理性且克制的，因此自认为还是很有可能实现的。我不追求豪车豪宅，不爱名牌包，不戴首饰，没有手表，甚至不去美容院……当然我也有自己的要求，比如生活的便捷度、舒适度，吃到一些想吃的东西，每年可以有几次旅行——我觉得，财务自由就是体面而又相对舒适地活着，把自己的生活照顾好，同时能适度关照身边在意的人，有应对人生中突发事件（如疾病、变故等）的经济能力。勤俭节约很重要，"赚得不少，但几乎没有存款"的例子比比皆是，我认为不管每个人处于怎样的财富状况，都应该保持可控范围内的节俭和节制。因为很多时候，平常人家的存款的确就是这样攒出来的。最后，理财意识越早培养越早受益。自由不是天赋，它是交换所得，没有充足的筹备，只会对着水月生叹，狠不下心来克服弱点，最终会连长项也全盘皆弃。这两年我也特别高兴，自己正在慢慢接近"自律让我自由"的状态。

去年，我和两个闺蜜去欧洲旅行，坐欧铁从西班牙的马德里驶向塞维利亚。西班牙的塞维利亚据说是不少旅行爱好者心目中最喜欢的城市之一，春天的塞维利亚气温适宜，好像永远都是灿烂的晴天。那里白天很长很长，早上十点通常才是当地人的早餐时间，火腿、面包、咖啡、橙汁，悠闲的一天就这样开始了。令我们惊奇的是，很多人一大早就开始坐在户外聊天、喝起了小酒。那时候我总觉得西班牙人好像都不用工作似的，做什么事也都特别慢，点个单要等十几分钟，买个单再等十几分钟，作为游客的我们心急如焚，他们依旧固执地循着自己缓慢的节奏，吃午餐基本上要到下午两三点。西班牙人自由而热情，跟着人流随意闲逛也完全不会觉得是到了陌生的地方。"都市阳伞"是塞维利亚市中心老城区的一个老式广场，如同城市的缩影，我们在都市阳伞下坐着等日落，只是发呆安静地看着人们如何度过他们无比寻常的一个午后。滑板少年、练习跳舞的女孩、看书入迷的学生……当地人告诉我们，塞维利亚的学校大都只上半天课，漫长的一整个下午都是学生们外出运动或开展户外活动的时间。晚上九点天光还有些亮着，十点晚餐终于姗姗来迟，朋友推荐了一家巷子里的 Tapas[①]餐厅，生意红火，店外排着长队。若是换在国内我是坚决不会为了吃而浪费时间排队的，但所谓入乡随俗，毫不吝啬时间的等待换来了价廉物美的一顿美食，老板的冷幽默更是把大家都逗乐了。这座城市好像每个人都按照自己的方式活着，我不清楚当地人是否皆是如此，但至少在那里短暂生活了几天的我由衷感叹：塞维利亚人真的好自由啊！无论有没有很多钱，都可以很自由。原来，"真正"的自由并不只是"财务自由"，更是"精神的自由"。

---

① Tapas是西班牙饮食国粹，小菜带点酸带点奶油乳酪味，滋味大多不错。源起据说是旅客无暇正式用餐，就地在餐厅门口或马车边解决一顿饭，常是一碟菜配块面包，不仅适合忙碌的现代人，且女生怕胖，Tapas分量少正合适。

　　"生命诚可贵，爱情价更高，若为自由故，二者皆可抛"，匈牙利诗人裴多菲的这首短诗曾是其短暂而灿烂的一生的写照。我时常也会想，那些不结婚、不生子，就想一生放纵不羁爱自由的人，他们更爱友情，更爱在这个世界的探险，他们要看到宇宙的疆界，但可能永远看不到宇宙的疆界，他们最终会幸福吗？人生而自由，却无往而不在窠臼之中：你有深挚心声，却不能婉转歌唱，生活中仅仅因为微小被看作无所谓的无奈概莫如是。个人如何保持住自己的自由，是一个老话题，也是我们一生在探索的命题。我相信，自由是普世价值，人类的一切努力都该以此为目标，所有美好之事也都是自由的变体。也许在流动的生命里，我们都不能妄想永远年轻，但却可以永不放弃地去争取内心深处的自由。

　　自由是什么？清醒的自知，勇敢的选择，无悔的担当。当一个人开始试着取悦自己而同时不让他人烦恼时，他拥有的，即是自由。

乐观的悲观主义者

这两年，我会时不时和朋友聊到关于"老"的话题。

记得我在很小的时候，有一天晚上忽然意识到自己有一天会死，就难过得睡不着，想想要离开，那么好的日子怎么会舍得，然后就哭醒了。现在我好像有点明白了，因为那时候自己还是小孩子，觉得什么都是甜的，可是人生往往越往后越苦，什么阶段有什么样的心境，当有一天父母都走了，身边的朋友也一个个离开自己，生无可恋，身体又很糟糕的时候，也许自己会觉得离开是一种解脱吧。人的舌头感知系统也是如此，舌尖感受甜，两侧感知酸，而苦的味觉部位在舌根。这和人生如出一辙，童年是甜的，青春期往往是酸的，痛苦则是一门大课程，需要用一生去体会，是不是很奇妙？

我们从小读书受教育，却没有一种教育教我们如何面对死亡。

接受我和爸妈都会死这件事，太恐怖了。作家简媜在《谁在银闪闪的地方，等你》一书中全面探讨了这一议题，或许那终究会是一场我们和父母要一起面对的必修课，所谓生老病死，逃不过的。

从今年开始，我想带着爸妈来几趟旅行。年初，父亲也终于退休了，这意味着我们家的两位"劳动人民"已顺利完成了他们的历史使命，功成身退了。他们从不曾去过远方，因此心里平静如水，我想着以后每年至少带他们去一个地方旅行，也让他们彻底享受一下人生，毕竟正在经历着的这个十年对他们来说还算是精力充沛、无忧无虑的了。

老人爱回忆往事，青年人则向前看，一方的回顾正是另一方的憧憬。过去好比老人重游的故地，未来是儿童梦想的奇境，生与死宛如大海环绕四周。人生真的太快了，我居然也要奔四了，简直不可思议！中年是生死之间的那一瞬，仿佛一个边界，看起来往哪边走都行，因为驰目所见，心中的好奇多过渴望。老人结撰回忆录，年轻人忙着写简历，中年人保存一本日记，每天照例以天气开头。我们栖身的时间叫作"现在"，距离生死同样距离。时间有一个加速度，对年轻人来说，三年五年就可以漫长得如同半个世纪；但对中年人来讲，十年八年好像只是指缝间的事。等到一定的年纪，你会感受到时间扑面而来的压迫感，你还能读多少书？走多远的路？还有多少体力？等到一定的年纪，死亡是非常真实的，你似乎已经被排在前头了，直到有一天，你的前面已经没有什么人了……

后来听蒋勋老师聊《金刚经》，里面有一句"无人相、无我相、无众生相、无寿者相"，简单来说就是我不再去分别了，不执着于自己，不执着于他人，不执着于所有众生，乃至于不执着于有生死的一切。读经文很容易，却常常提醒自己能够做到的又有多少？譬如"无寿者相"是说所谓的早夭和长寿并无差别，蒋勋回忆自己母亲临终前的情形，他抱着她念着这一段经文，忽然觉得自己怎么还是放不下，不是说"无寿者相"吗，可他其实做不到，从没想过居然要以母亲身体的痛和临终的痛来读懂这一句话，没有经历过生死是读不懂的。我想，死亡真是一个奇怪的"礼物"，因它的存在，我们对世界抱有一种奇特的敬意。人类最深的悲伤是时间的不可寻找和空间的不可寻找，即时间的无限性和恐惧的无限性，对已拥有事物终将丧失的恐惧，可能是健康、爱，也可能是权力、金钱，甚至是一切你放不下的东西。可早在三百多年前，有一个叫曹雪芹的人就以一首《好了歌》告诉了你：哪一天你还不是都要放下。

米兰·昆德拉在《小说的艺术》里揭示："生活是一个陷阱，这一点，人们早就知道了；人生下来，没有人问他愿不愿意；他被关进一个并非自己选择的身体之中，并且注定要死亡。"因看到了死亡的必然和生命终将结束的事实，才激发了人民对当下的珍视和对时间的敬畏。一个拥有荣华富贵，内心却没有失落感的人是庸俗的，最精彩的贵族身上往往蕴藏着一种奇妙而不可解的悲伤与落寞，否则可能只会被人用"财大气粗"四个字来形容。人生本就是希望和绝望并存，向死而生，正如马东一口道破"我的底色是悲凉的"，而没有来自悲观的乐观也的确是无知的乐观。"无可奈何花落去，似曾相识燕归来"，晏殊同时看到"花落去"和"燕归来"，生命的喜悦和悲伤共同构成了它的完整，对生命真理性的触碰永远活在"无可奈何"跟"似曾相识"之中。起落循环，月圆月缺，花开花谢，潮起潮落……天地自然本就是一体两面的，对我而言，这成了生存的方式：努力在生与死、希望与悔恨、永恒与无常、爱与恨等所有对立和近似对立的事物之间保持平衡。

习惯无常，才会庆幸。过了而立之年，感受最深的一个词就是"无常"，也因为对无常的悲观，我才有了当下的这份坚持与笃定的乐观。中年原来也可以是一个平衡点，既不为青春所催促，也不受衰老之阴影的掩翳，暂时摆脱时间的羁绊而自由漂流，过去和未来都看得明明白白。"若无闲事挂心头，便是人间好时节"，活得愈久愈发深刻体悟到"千金难买我高兴"这句俗话的人生智慧，快乐是一种能力，同时也是一种福分。这也是为何我始终在为当下的无牵无挂、逍遥自在做着倒计时，因为深知无常才是永恒。我是一个深度的"乐观的悲观主义者"，很多功课我老早已经开始做了，只是不知道真的到那一天的时候自己究竟能拿多少分。人生的奥秘无穷，我还远远没有窥到门径。父亲曾告诉过我，人生不怕错过大家口中的事。所以，永远别去害怕自己错过了什么，只要专注于那些真切属于自己的时刻，已是完美。我开始认识到，凡事都很坏的情况下仍能愉快，才是崇高境界。要有悲伤的能力、爱的能力，还要有跨越悲伤和爱的能力。这些年的进退选择，让我对周遭的人有了不同维度的思考，没有好坏，只有懂得。

保留你的骄傲、遗憾，然后微笑。我是一个非常积极的悲观主义者。人生很难是无惧的，做好了最坏的准备，然后坚持内心的笃定走下去，在这个基础上，还能多做些什么事情，都是收获。我衷心地希望再过五年、十年之后，我仍然能像现在一样，有对人生细微的感触和真诚的拿捏，有敏锐的触角和童贞的赤子之心。我希望自己依旧是那个蓝色的小孩，发着光，爱着这个残酷的世界。

TED × 演讲：把喜欢的事情变成工作

——新时代下创业者的自主人生

讲者：夏小暖

大家好，我是夏小暖，我是一名写作者、在地生活方式研究员，在杭州开了一家人像图书馆。

也许有很多人会认为，自主创业者的工作应该是很舒服的，每天的生活应该像杂志内容一样，是自由的、随性的、可以到处吃喝玩乐的……当然很多人看到的我的状态，似乎也是这样的。而事实上，我日常的作息又是怎样的呢？早上九点起床，吃个早餐去工作室，我家距离工作室大约四十分钟车程，到工作室之后完成日常的工作，六点下班，七点到家吃晚餐，晚上会是写作时间，有时候会看片或者阅读，十二点左右上床睡觉。所以，其实自由职业者也是有非常一板一眼的日程表的，"自由"这个词很大程度上是意味着可以自主去支配时间，特别是对一些中长期的时间做管理、规划和调度。

如今，了解一座城市的在地文化，浏览微博、朋友圈上的资讯信息后便会发现，各种创新的小型工作室、集合空间、咖啡馆、职人聚集的周末市集……遍地开花，自媒体、互联网应用、服务平台等各式形态应运而生。我的小店所在的杭州东信和创园就是这样一个聚集了诸多志趣相投的创业者实践各自生活方式的城市集群。我认为，只有当一座城市能够包容越来越多有意思的人聚集在一起驻足过生活，做他们喜欢的事情的时候，这座城市才是有情感和温度的。因为每一个创业者都代表着一种个人风格，一类生活方式，也代表了一座城市的可能性。当越来越多的人企图把工作和生活分开，生怕生活被工作绑架时，我们这些人却是反其道而行之的。究其原因还是内心的那份喜欢。

今天和大家分享的就是在新时代下，如何把喜欢的事情变成工作，以达到一种相对自主的生活方式。

综观我三十岁之前的工作经历，大致可以分为三个阶段，我觉得也是"把喜欢的事情变成工作"的三个阶段：

首先，以工作养兴趣。

我是一个80后，普通家庭，从小是个乖乖女，读书的时候成绩中上，毕业后在父母的安排下去了体制内工作，工作四年，期间跳了两次槽，都是在相同的工作领域。我们80后那代人，大学毕业的唯一出路只有两条：考研或者进单位，自由职业或者创业对我们来说是天方夜谭，有时候换工作或者跳槽对整个家庭来说都是天大的事儿。摄影和写作一直是我最喜欢的两件事，但我很早就认识到了一个道理：人一辈子总要做过很多很多自己并不那么喜欢的事情，最终才能畅快地去做自己喜欢的事情。所以，在我看来，"铁饭碗"的真实含义并不是在一个地方一辈子有饭吃，而是一辈子到哪里都能有饭吃。在初入社会在职场打拼的那几年，对我来说最重要的无非以下三点：

第一，这份工作为你带来的人际圈。有时候你工作得开不开心、累不累，或者说赚多赚少其实都不是最重要的，重要的是你遇见了谁，"人"才是最重要的；

第二，你从这份工作中可以习得的东西；

第三才是获得的物质上的财富。

那段时间非常辛苦，但是除了工作之外我还有自己的兴趣爱好，我并不知道自己有没有天赋，但是我不管，我就是很喜欢，因为它们让我快乐，所以我一直用工作养我的兴趣。网络上有句话说"摄影穷三代"，其实玩摄影是非常烧钱的，我工作的前两年的工资基本上全部花在这上面了；同时，我有一点小癖好，就是对纸质品有偏执的热爱，我觉得照片和文字最好的结合方式就是做独立杂志。于是我充分挖掘碎片时间，出版了自己的第一本图文杂志书叫《美德》，当时我只是个初出茅庐的小丫头，也没有出版社愿意出钱帮我做出版，我就用工作赚到的人生中第一笔一万块钱支付了印刷费，做了这本书。喜欢的事情像是生活的一个出口，我乐此不疲。

《庄子》在讲述艺道的专精时有说到，每个人一定要有一门深入的，而且不是功利的，就真的只是提供给你真正愉悦感的艺道（技艺）。它会是一个入口，带你进入到时间背后的空间，让你即使不成功也能很快乐。

第二个阶段，也是最重要的阶段，就是找到自己喜欢并且擅长的那件事。

二〇一二年，我带着四年存下的钱辞职旅行去了，而且瞒着父母。回来之后，又写了一本书叫《再不出发就老了》，无奈之下回来和大学同学一起创业做摄影工作室。当时其实是有所考量的，觉得写作这件事短时间内应该没办法养活自己的，于是选择了摄影。

那时候看到了罗永浩的一段非常燃的演讲，对我影响很大，他说："通过干干净净地赚钱让人相信干干净净地赚钱是可能的，通过实现理想让人相信实现理想是可能的，通过改变世界让人相信改变世界是可能的——（最重要的是最后一句）即使在中国。"虽然那时候的我不知道结果会怎样，但是我非常想尝试一下自主创业的感觉，那种不顾一切的感觉是很爽的。所谓"不务正业，最出人才"，我当时就坚信，未来一定会有越来越多的人，可以自主地或者在自己家里就能创造价值，并不一定要到一个体制里去。当然，我在这里并不是鼓吹创业至上，因为每个人其实都是一个宇宙，每个人的性格里也都有适合自己发展的模式，有的人适合去一个平台，通过平台来激励自己，产生更大价值；有的人适合另辟蹊径，独立创造，不受管束，方能功效百倍。所以，选择创业并不是盲目的，而是出于对自己更清楚的认识。

大部分人在最初的时候都不能马上、百分之百地找到这件事情，基本上都是经过了诸多的周折才发现并且找到这个领域的。创业者必须找到一个自己喜欢的领域，这个领域可能是你五年、十年，甚至一辈子要去干的一件事情，所以你必须要非常喜欢它，然后再来考量这件事是否是你擅长或者有天赋去做的，这才是决定你能否成功的一个要素。

在我看来，初期创业者衡量天赋的标准只有一个——有没有人愿意为你买单，也就是获得市场的认可。创业之初，为了维持生存，各种类型的活我们都会接，但很快就遇到了瓶颈，于是果断推掉了很多业务，一门心思开始专注拍摄极简人物肖像。我觉得，一个摄影师能走多远，不是看你拍了什么，而是看你决定不拍什么。极简人物肖像对我们来说是一种回归，随着自己年龄的逐渐增长，开始喜欢沉默而有力量的东西，也开始意识到应该对生活做简化，抓住最重要的核心的精髓（精神部分）。单色系是一种放空，回归到最初的本真和单纯。所幸，回归人物主体本身，我们反倒玩出了更无限的可能性，因为每个人都是独一无二的个体！我们也从中悟出了一个道理：越简单越难，越困顿越美，越温柔越强——这也是支配了往后我们所做的每一件事情的主旨。

除此之外，创业就是三件事情，刚才讲到的：找钱、找人、盈利模式。我觉得这一点我非常幸运，能找到和我三观一致、理念相同又能互相理解的合伙人，这个找人的难度绝不亚于找结婚对象。当时三个合伙人凑了钱，作为事业启动资金，我们就是用那三十万开始了"人像图书馆"的美梦。

第三阶段，将喜欢的事情作为终身职业。

首先我要强调一下，并不是每个人都会进入这个阶段，有些人可能只是把它停留在兴趣爱好的这一块。在累计拍摄了一千多位客人后，我们在杭州盖了一间实体的人像图书馆，除了摄影本身，也用展览的形式传达个性观点，希望有更多的人能够走到实体空间里来阅读一张照片。无论是深读一个人，还是认识一本书，都不应该仅仅停留在线上。所以，找到人生当中你真正喜欢的那件事，然后使劲地做到极致，等待时间的回报。我们相信时间的力量，以及坚持一件事的力量。

现在，工作室在当地也算小有成绩，越来越多的客人会自己找上门来拍照。在摄影领域，我们算是在目前力所能及的范围内做得比较好的了。明年或许会赚更多钱，或许不会，但这些好像也没那么重要，重要的是我们到底做得怎么样，我们是不是还在做那些初心使然的、跟别人不一样的东西？一位同是创业者的好友曾劝诫我说："别为了钱烦恼，钱永远都是你把事情做好、做对之后水到渠成的副产品。"

我是一个对物欲没有太大执念，更多的是朝着内心走的人，所以这样"小而美"的小店对我来说是最适合的生活方式。一方面，我享有着足够的自由和对生活的选择权，另外也可以按照自己的喜好去独立地写作和创作，陆续也出版了几本书，收获了一批还算忠实的读者。

我从来不认为自己是一个成功的创业者，但我是一个很快乐的人。没有人应该告诉别人或者应该让别人用他的方式去活，别人的选择也不该是你判断自己人生的决定因素，所以千万不要企图拿一段成就或一句标语套用在自己身上。我觉得很多时候，观点并不是用来压制听众的，它是一个交流过程，它应该永远都是一个鼓励。所以，你们并不是一定要辞职，也并不是非得去创业，对你们来说，人生是因为体验而做出决定，获得心得，我想每个人都能找到自己活着的定义和生存感。希望这世上不同的人，都拥有各自精彩的人生。

我想要给这个时代和我一样白手起家的平凡逐梦人一点勇气，想要改变更多人现实生活中的一个僵局，即便只有一点点的触动，也可能促成一次改变。那就对了！人生的每个阶段都有不同的玩法，张岱说："人无癖不可与交，以其无深情也。"而我的人生，好玩是第一位！最后我想说的是，找到你人生中真正喜欢的那件事情，即便不作为职业，它也可以是一扇收心摄性的法门。

愿你们过上自己想要的生活。谢谢大家！

二〇一八年五月十三日

夏小暖于TED × ZUCC浙江杭州

图书在版编目（CIP）数据

就想开间自己的小店 : 我的第二人生 / 夏小暖著 . — 北京 : 北京时代华文书局 , 2020.11
ISBN 978-7-5699-3959-0

Ⅰ . ①就… Ⅱ . ①夏… Ⅲ . ①成功心理－通俗读物Ⅳ . ① B848.4-49

中国版本图书馆 CIP 数据核字 (2020) 第 231676 号

就想开间自己的小店：我的第二人生

JIU XIANG KAI JIAN ZIJI DE XIAODIAN : WODE DIER RENSHENG

著　　者 | 夏小暖

出 版 人 | 陈　涛
选题策划 | 陈丽杰　仇云卉
责任编辑 | 陈丽杰
执行编辑 | 仇云卉
责任校对 | 刘晶晶
封面设计 | 鲁明静
内文版式 | 迟　稳
责任印制 | 訾　敬

出版发行 | 北京时代华文书局 http://www.bjsdsj.com.cn
　　　　　北京市东城区安定门外大街 138 号皇城国际大厦 A 座 8 楼
　　　　　邮编： 100011　电话： 010 - 64267955　64267677
印　　刷 | 河北京平诚乾印刷有限公司 010-60247905
　　　　　（如发现印装质量问题，请与印刷厂联系调换）
开　　本 | 880mm×1230mm 1/32　　印　张 | 7　　字　数 | 122 千字
版　　次 | 2022 年 1 月第 1 版　　　印　次 | 2022 年 1 月第 1 次印刷
书　　号 | ISBN 978-7-5699-3959-0
定　　价 | 49.90 元

关于本书

世界上最好的工作无非职业恰是爱好，而坚持做喜欢的事，是拥有这个世界最好的途径。

九年前，因为不想失去自己内心的自由，夏小暖结束体制内的工作，开了一间摄影工作室。经历无数"糟透了"的时刻，也遇到创业小高峰，经历团队重组，乘风破浪、再次出发，转眼间"人像图书馆"在成为百年老店的路上走了四年。创业九年，夏小暖决定续写自己的创业故事，这个不只是她自己，更是她和她同代人共有的，关于一代人如何实现自我、探索人生更多可能性的故事。

也许梦想真的不是用来实现的，坚持一份热爱，就会有开启第二人生的可能。无论你是朝九晚五地工作，还是开启了追逐星辰大海的创业征途，在追梦路上遇到阻碍、无助彷徨的时候，看看这本书，感觉你不孤单。